敏捷漂流记
——实践避坑指南

王立杰　黄　隽等◎著

人民邮电出版社

北京

图书在版编目（CIP）数据

敏捷漂流记：实践避坑指南 / 王立杰等著.
北京：人民邮电出版社，2025. -- ISBN 978-7-115
-65102-0

Ⅰ. I25

中国国家版本馆 CIP 数据核字第 2024VD0003 号

内容提要

本书以叙事传记的形式，借助敏捷武林大会的故事情节，讲述敏捷实践中的各种"坑"，然后通过"漂流瓶"的暗喻，总结和提炼正确的实践。首先，本书回顾了敏捷实践的发展历史，帮助读者快速了解敏捷的演进历程；其次，通过每日站会、迭代回顾、需求管理、迭代计划和工程实践 5 个方面的内容，重点阐释各种敏捷方法在实践过程中的常见错误及应对措施。

本书语言风趣，内容丰富，寓教于乐，适合敏捷实践者、敏捷爱好者阅读。

◆ 著　　　　王立杰　黄　隽　等
　　责任编辑　秦　健
　　责任印制　王　郁　焦志炜

◆ 人民邮电出版社出版发行　北京市丰台区成寿路 11 号
　　邮编　100164　电子邮件　315@ptpress.com.cn
　　网址　https://www.ptpress.com.cn
　　北京盛通印刷股份有限公司印刷

◆ 开本：700×1000　1/16
　　印张：16　　　　　　　　2025 年 1 月第 1 版
　　字数：213 千字　　　　　2025 年 5 月北京第 2 次印刷

定价：59.80 元

读者服务热线：(010)81055410　印装质量热线：(010)81055316
反盗版热线：(010)81055315

推荐序

乌卡时代荒野求生，"敏捷漂流"大有秘籍

2023年年初，非常意外而又惊喜地收到王立杰老师的邀请，约我为他参与合著的新书作序。我感到高兴的同时又很有压力。王立杰老师参与合著的书写得太好了，珠玉在前，我内心惶恐，唯恐班门弄斧。

十几年前，我刚创业，负责开发禅道项目管理软件，偶然间发现了《敏捷无敌》这本书，买回来后一口气读完。在这本书中，王立杰老师与许舟平老师非常巧妙地将敏捷开发的各种实践和问题融入主人公的日常工作中，为我们讲述了一则非常美好的爱情故事，同时系统地介绍了敏捷开发。这是一本非常好的介绍敏捷开发的书，给了我很多启发。后来王立杰老师创业，和其他3位老师共同创办了IDCF（International DevOps Coach Federation，国际DevOps教练联合会）。IDCF举办了DevOps黑客马拉松，出版了《敏捷无敌之DevOps时代》，又推动中国DevOps社区的建设。这种不断精进、不断提升且好玩又有趣的状态，不正是Agile（敏捷）的精髓吗？

我们所处的乌卡时代真是越来越乌，越来越卡了。突如其来的战争、贸易战、技术大变革，每次突变都令人措手不及，更何况是一连串的巨大突变。以前，"黑天鹅"事件是小概率事件，可以预见，未来"黑天鹅"事件会越来越多，出现"白天鹅"事件的概率反而会越来越小。面对这种情况我们应该怎么办？站在当下来思考这个问题，或许22年前17位敏捷大师已经为我

们提供了"敏捷真经",可以帮助我们应对乌卡时代的挑战。

22年过去了,拥抱敏捷、践行敏捷已经是行业共识。包括老牌的CMMI、PMBOK等模型框架也都在积极地融合敏捷。可以说敏捷开发发展到了一个崭新的阶段。越来越多的"敏捷修炼者"掌握了敏捷开发的基本框架,可以熟练应用敏捷开发。但是,在实际应用中,大家不免会遇到各种各样的实际问题,例如,开每日站会时总有人迟到怎么办?在回顾会议上大家不发言怎么办?代码质量一直比较差怎么办?这些都是一线敏捷从业者遇到的具体问题。那么有没有一本可以帮助我们解决这些问题的秘籍?

于是《敏捷漂流记——实践避坑指南》来了。王立杰老师和中国DevOps社区的其他17位老师携手推出了这本敏捷实操指南。这本书延续了王老师讲故事的风格,为我们呈现了一个异彩纷呈的敏捷武林世界。这本书以我们喜闻乐见的武侠小说的方式,对敏捷开发过程的每日站会、迭代回顾、需求管理、迭代计划和工程实践5个领域中的常见问题做了深入阐述和讲解。天泽观、白云轩、丹鼎院、造物派等各派高手轮番登场亮相,向"敏捷修炼者"披露独家心法。他们提供的秘籍、锦囊、药丸、漂流瓶等神奇工具如下。

- 通过发红包、倒立、请全体喝下午茶等方式给参与每日站会迟到的成员一些"奖励"。
- 通过MVP方式发布产品。
- 通过头脑风暴解决团队协作中的问题。
- 通过Ask and Answer方法保证大家参会的专注力。
- 通过控制WIP(在制品)数量提高吞吐量。
- 通过产品路线图规划产品版本。

更多的我就不剧透了，再剧透的话，估计王立杰老师的"无敌追杀令"就要来了。总之，这是一本敏捷从业者都应该收藏并精读的敏捷修炼秘籍。熟练掌握其中的各种秘法，必可助你成长为真正的敏捷高手。

对了，书中还有彩蛋，传说中的敏捷一姐在书中惊鸿一现，并传道授法，赶快来寻宝吧。

王春生
禅道软件（青岛）有限公司创始人
2023年于青岛

序言

做 DevOps 运动的守望者

2019 年 3 月 18 日，为推动 DevOps 在中国的蓬勃发展，我们一群有着相同价值观与理念的人，正式宣布"中国 DevOps 社区"成立。当天，我们通过社区的微信公众号发布了如下社区宣言，社区伙伴以在微信公众号留言的形式共同签署宣言。

作为有理想的中国 DevOps 社区志愿者，我们一直身体力行，传播 DevOps 文化，落地 DevOps 实践，并帮助他人学习与实践 DevOps。与此同时，我们建立了如下价值观。

不仅要让社区中立，更要保持开放宗旨。

不仅要去响应需求，更要创造社区价值。

不仅要有专业技能，更要包容百家思想。

不仅要与多方合作，更要建立伙伴关系。

也就是说，左项固然值得追求，右项更加不可或缺。

©2019，著作权为签名者所有，此宣言可以任何形式自由地复制，但其全文必须包含上述声明在内。

在中国 DevOps 社区成立之初，我们讨论并定义了社区的使命与愿景。

社区使命：传播 DevOps 文化，落地 DevOps 实践。

社区愿景：成为中国 DevOps 运动的领航人与催化者。

白驹过隙，4 年时间匆匆而逝，在这么短的时间内，从 0 到 1 打造一个技术社区，自然是一件非常艰难的事情，但在所有人的共同努力下，截至 2023 年 3 月，我们已累计在 22 座城市举办 128 场 DevOps Meetup、7 场 DevOps 行业年度峰会，传播 1000 余篇 DevOps 实践案例，影响十余万名软件研发从业者。

截至今日，我们终于可以自豪地宣布我们已经成为中国 DevOps 运动的领航人与催化者。

为了持续地为中国 DevOps 运动添砖加瓦，我们在 2022 年年初筹划并推出了电子读物，取名《守望者》。守望指看守瞭望。守望者是指在城墙上昼夜看守城池，为城内的人提供危险预警的人。

生命需要守护者，就像森林需要护林人、灯塔需要守护人、麦田需要守望者一样，DevOps 运动也需要守望者。尽管他们的人影总是寂寥的，但是他们一直固守着自己的精神家园，他们始终与时代潮流保持着一定的守望距离。在发生变迁的时候，在人们转移目光甚至迁离、逃避、逐新时，他们坚守在原地，时刻关注着、体验着、思考着——这就是守望者精神。

守，即守护，寓指守护过去珍贵的事或物；望，即期望，代表着未来，期望未来变成所希望的样子。守与望合在一起，就是守护着以前美好的事物，同时期望着这件事物将来能变成所希望的样子。做一个有坚定信仰、对回归本初有执着追求的守望者，一定是非常不容易的，这不仅需要无私奉献，更需要追求真理，还要有前瞻性的眼光。

"不管怎样，我老是在想象，有那么一群小孩子在一大块麦田里做游戏。

几千几万个小孩子，附近没有一个人——没有一个大人，我是说——除了我以外。我呢，就站在那混账的悬崖边。我的职务是在那儿守望，要是有哪个孩子往悬崖边奔来，我就把他捉住——我是说孩子们都在狂奔，也不知道自己是在往哪儿跑，我得从什么地方出来，把他们捉住。我整天就干这样的事。我只想当个麦田里的守望者。我知道这有点儿异想天开，可我真正喜欢干的就是这个。"①

我很喜欢这段话，这样的理想也许并不远大，可是我们的生活中难道不是真的需要这样的守望者吗？而我们每个人其实也是某块麦田里的守望者。这样的工作虽然枯燥，但是我们首先得把这样的小事情做好才行——每个人的心中或许会有一种一剑寒九州的英雄主义情结。我很喜欢看《士兵突击》，尤其对主人公许三多说的"有意义的事就是好好活，好好活就是做有意义的事，做很多很多有意义的事"这句话颇有感触。我们坚持做 DevOps 运动的守望者，这也是一件非常有意义的事。

自《守望者》电子读物发布以来，在前 5 期中我们重点安排了与敏捷核心实践相关的内容。广大读者对这些内容一致好评，并期望将这些内容整理成册，以图书形式正式出版。在本书出版的过程中，非常多的人付出了辛勤工作与巨大努力。首先感谢各位作者，他们是陈文峰、方正、巩敏杰、黄隽、黄震、黄鹏飞、胡帅、李岩、刘陈真、刘志超、王艳、王洪亮、王东喆、王英伟、朱婷、成芳和张思琪；感谢人民邮电出版社的图书编辑团队，他们针对本书的创意、故事结构、规范化、内容整合等提出了非常多的宝贵建议；感谢禅道公司对本书出版的赞助，感谢禅道公司创始人王春生为本书撰写推荐序，感谢禅道公司的郑乔尹、刘诺琛、程家乐等小伙伴为本书绘制的优美插图；感谢中国 DevOps 社区的运营伙伴成芳对《守望者》电子读物做的封面和排版工作，以及对本书初稿的收集整理和项目管理工作。

---

① 摘自《麦田里的守望者》。

谨以此书献给中国 DevOps 社区的志愿者、粉丝、赞助商及生态伙伴。感谢大家伴随我们一路前行，一起建设社区，一起为 DevOps 在中国的推广作出贡献。

做 DevOps 运动的守望者，是一件非常有意义的事。期待你的加入，跟我们一起守望。

王立杰
中国 DevOps 社区第一届理事会主席

作者简介（排名不分先后）

王立杰

资深敏捷创新教练，IDCF 联合发起人，中国 DevOps 社区第一届理事会主席，华为云 MVP，北京大学光华管理学院/新华都商学院 MBA 特邀讲师，曾任京东首席敏捷创新教练、IBM 客户技术专家、百度高级敏捷教练，指导过京东、OPPO、小米、京东方、百度、招商银行等企业的研发效能提升工作。《敏捷无敌之 DevOps 时代》《京东敏捷实践指南》等图书作者。被广大读者戏称为"无敌哥"。

王洪亮

资深敏捷教练，可视化需求分析体系创始人，优普丰首席敏捷教练、合伙人。指导过浦发银行、招商证券、中金公司等企业的敏捷及 DevOps 的导入和研发效能提升工作。《会说话的代码——书写自表达代码之道》作者。

胡帅

中国联通集团高级技术专家，中国 DevOps 社区精英译者。他曾是多个 DevOps 平台及微服务平台的核心设计者与产品架构师。曾供职于 IBM 中国开发实验室，参与 IBM 全生命周期协同管理产品、软件效能分析产品设计与核心研发工作，并担任数据分析智能平台 Actuate BIRT 社区的顾问。曾为中国旅游集团、万达、招商银行、中国建设银行、中国工商银行、广发银行、平安银行、美国通用等大型企业提供方案设计、研发管理等战略咨询服务。

黄隽

资深工程效能/敏捷专家，江湖人称"黄岛主"。敏捷江湖桃花岛社区创始人，Exin DevOps 授权讲师、高等院校讲师，中国 DevOps 社区核心组织者，中国 DevOps 社区大连地区牵头人。致力于推广敏捷、DevOps 和数字化转型，曾在世界 500 强和大型集团公司担任资深工程效能/敏捷专家、项目经理/总监、副总经理等。在多所高等院校或企业授课 100 余场次。拥有丰富的咨询、课件研发、业界峰会出品和分享布道经验。

陈文峰

资深项目管理者、研发效能实践者，中国 DevOps 社区核心组织者，珠海敏捷&DevOps 社区负责人。在移动通信、交通运输、市政建筑、协同办公等行业或领域有近 20 年的软件研发、项目管理、团队管理和效能提升经验。致力融合项目管理与工程实践以促进研发效能的提升。《运维困境与 DevOps 破解之道》《DevOps 悖论》译者。

李岩

项目管理专家、敏捷教练，花名"老道"。曾供职于美团、网易云音乐。敏捷转型实践者，熟悉精益、Scrum、LeSS、SAFe、DevOps、效能度量等，拥有 PMP、ACP、CSM、SAFe DevOps Practioner（SDP）等认证。

王艳

资深产品经理，DevOps 产品专家，中国 DevOps 社区核心组织者。拥有十余年开发、产品、项目管理工作经验，专注研发效能、DevOps、精益敏捷领域知识的落地和推广，梳理相关流程并建设 DevOps 研发效能、容器云等技术平台。拥有软考高项、ACP、NPDP、DevOps Master（DOM）等认证。

《DevOps 悖论》译者。

方正

产品总监，敏捷转型践行者，中国 DevOps 社区核心组织者，广州社区负责人。拥有十余年 toB 领域软件研发、项目管理、产品管理、团队管理经验，致力于以业务价值驱动团队敏捷转型，促进研发效能提升。拥有 PMP、ACP、PRINCE2、软考高项、DOM、NPDP 等认证。

刘志超

华为云研发管理人员，云原生探路者、云服务架构师/专家，中国 DevOps 社区核心组织者、精英译者，深圳 HDZ 筹备组核心成员。专注于最有价值的事情，秉持"高效工作，快乐生活"的理念，期望让研发更简单，让生活更美好。

张思琪

敏捷教练、敏捷转型践行者。中国 DevOps 社区上海社区组织者之一。拥有十余年 toB 领域软件研发、项目管理、产品管理、团队管理经验。曾负责爱立信上海研发中心 BU Multimedia 的敏捷转型。致力于研发效能、DevOps、精益敏捷领域知识的落地和推广，打造以业务价值驱动的高绩效团队。

成芳

资深开发者社区/生态运营人员，多个开发者社区核心组织者。专注于软件研发趋势观察与优秀实践经验传播，整理并出版过多本软件研发实践案例图书。

黄震

资深敏捷教练、信息系统项目管理师。擅长敏捷开发方法和 DevOps 工程实践，并在元宇宙、外企金融行业大规模敏捷转型、数字化升级等领域拥有丰富的实施经验。专注于敏捷课件研发、数字化转型辅导、组织效能提升等。

王东喆

产品总监，敏捷践行者，长春敏捷社区组织者，中国 DevOps 社区志愿者。拥有 20 年 toB 领域软件研发、项目管理、产品管理、团队管理经验，致力于以业务价值为导向，构建有幸福感的高效能团队。擅长 Scrum、KANBAN、XP、LeSS、Scrum@Scale、DevOps 等实践。《看板方法官方指南》译者。

王英伟

某商业银行敏捷创新工程师，中国 DevOps 社区核心组织者，华为云 MVP，云上软件工程社区技术专家，敏捷/DevOps 咨询顾问。曾任职于电信、自媒体、互联网等领域的科技公司，历任研发工程师、技术经理、架构师、咨询顾问等，拥有丰富的开发、项目管理、DevOps 实施经验。参与了《DevOps 悖论》《SRE 文集》等图书或资料的翻译、审校工作。

刘陈真

敏捷教练。从事 IT 工作 15 年，专注于敏捷落地与实践、研发效能提升和质量管理，曾参与 Expedia、穆迪、百丽、华为、汇丰银行等企业的 IT 项目交付和敏捷转型工作。拥有丰富的一线软件研发和企业敏捷转型项目经验。

巩敏杰

企业敏捷教练、系统组织教练、ACT（敏捷教练工具箱）Group Leader，敏捷社区组织者、志愿者和行业会议话题分享者。为公安、医疗、汽车、金融、互联网等多个领域的客户提供敏捷、管理、产品等方面的咨询辅导、培训和教练服务。

朱婷

高级信息系统项目管理师，中国 DevOps 社区核心组织者，银行金融业资深敏捷教练。深耕项目管理及敏捷项目管理领域长达 12 年，擅长团队质量管理提升与敏捷项目管理转型。

黄鹏飞

PMO 团队负责人，敏捷践行者，资深项目经理。熟悉精益、Scrum、LeSS、SAFe、DevOps、效能度量等。技术出身，熟悉软件开发的各个环节，擅长从全局出发、从细节着手，陪伴个人和团队成长，助力企业和组织实现目标。拥有 PMP、ACP、CSM、PBA 等，以及 ISO 2000 内部审核员、华为云超级工程师认证。

目录

引言 ·· 1
楔子 ·· 20

每日站会篇

第 1 章　秦掌门：如何解决每日站会迟到问题 ·················· 24
第 2 章　秦倩：如何解决每日站会超时问题 ···················· 28
第 3 章　张衍：如何避免领导对团队每日站会的打扰 ············ 31
第 4 章　秦掌门：如何解决每日站会不专注问题 ················ 36
第 5 章　秦倩：必要信息须留痕与跟进 ························ 39
第 6 章　秦天：轻形式，重效果 ······························ 42
第 7 章　萧楚：专注、极致、口碑、快 ························ 46
第 8 章　周山风：任务板让每日站会更加透明 ·················· 51
第 9 章　张衍：最好的规模化是去规模化 ······················ 55

迭代回顾篇

第 10 章　郭宇飞：打开回顾会议的三大秘籍 ··················· 61
第 11 章　郭宇飞：行动计划落实与度量推动团队持续改进 ······· 68
第 12 章　秦崇举：多种技能加持，回顾会议持续提效 ··········· 75
第 13 章　郭宇飞：避免回顾会议形式化，让内力生生不息 ······· 79
第 14 章　郭宇飞：利用约束理论，持续提升团队产出 ··········· 84

第15章　赵敏：ORID+KISS 复盘秘籍助力回顾会议顺利落地……88
第16章　玉玲珑：在建立团队信任的基础上召开回顾会议……92
第17章　张衍：开放空间+世界咖啡，开好规模化回顾会议……96
第18章　郭碧婷：识别痛点变化，确保线上回顾会议效果……103

需求管理篇

第19章　秦倩：渐进明细产品需求收集法……107
第20章　周逍遥：挖掘需求背后的真正动机，避免"无用功"……111
第21章　赵敏：全链路精益需求分析，聚焦最终用户价值……115
第22章　张乐宝：知己知彼，百战不殆……119
第23章　秦倩：需求优先级排序……124
第24章　叶不凡：通过设计思维洞察用户需求，驱动产品创新……128
第25章　陈峰：处理非功能性需求，做好质量内建，提升用户
　　　　整体体验……134
第26章　诸葛婧：妙笔生莲花，五步定需求……138
第27章　郭宇飞：解耦需求间依赖，释放团队效能……147

迭代计划篇

第28章　祁云天：目标愿景要对齐，行动计划来落实……152
第29章　郭宇飞：输入输出早定义，产品上线迎高峰……157
第30章　俞邦风：ATDD 拆分用户故事，大小灵活可变……161
第31章　秦倩：基准故事和团队速率……168
第32章　周逍遥：召开计划会时避免掉进"范围蔓延"的坑……172
第33章　刘雁依：灵活调整优先级，高效利用资源和时间……176
第34章　上官泓：及时正向反馈，激励团队认领挑战任务……179
第35章　紫衣：做好项目风险管控，功能迭代没有意外……182
第36章　戈尔霍：吾有一计，可解掌门"多团队排期"之疾……187

工程实践篇

第 37 章　俞邦风：分支模型不统一，谈何高效交付……………192
第 38 章　郭宇飞：做好数据度量项，效能提升没商量……………199
第 39 章　戈尔霍：结对编程，可保骆驼车交付无忧………………203
第 40 章　周云鹏：手动测试与自动测试，左右互搏………………207
第 41 章　黎阿强：人生小人物，测试大追求………………………211
第 42 章　降低服务间依赖，让自动化测试运筹帷幄………………216
第 43 章　上官流云：小步迭代价值流动，持续集成大显神通……221
第 44 章　陈峰：提升安全理念，助力安全研发……………………227
第 45 章　司空长风：武林债易躲，技术债难还……………………231

引言

谁动了你的"敏捷"

你们的敏捷试点彻底失败了,大家对敏捷的价值充满了怀疑。

你们热火朝天地敏捷了半年,业务部门依然认为你们没有敏捷。

在你们公司,老板把敏捷当作一个让员工加班的手段。

多个敏捷小组互相依赖,互相指责,"内卷"严重。

人越招越多,但效率却越来越低,原来的密切协作氛围再也找不到了。

你们的每日站会没有任何价值,大家每天都在行尸走肉。

大家认为敏捷就是开会,浪费了大量的时间。

计划会开了半天,制订了一份大家都不认可的计划。

每天忙于"救火",在缺陷中找缺陷,每天都加班,大家疲惫不堪。

你们的持续集成亮红灯了,但好久没人修复,也没人关心。

需求优先级不断调整,相互冲突,每天一个说法。

你们也在不断地总结回顾,但是问题依然还有很多。

你们搭建了工具链，强迫大家使用，但敏捷还是老样子。

你们花大价钱请了咨询团队，他们一走，你们立刻回到老路。

……

对此，你是否也心有戚戚焉？

你抱怨！

你困惑！

你迷茫！

你失望！

谁动了你的"敏捷"？

也许你自己说不清，也许你更期待高人能指点迷津，或许我们可以先回顾一下敏捷的发展简史，从敏捷先哲的探索之路中找到答案。

寻找银弹

1967年，Conway提出了康威定律（Conway's Law），他认为"系统的架构受制于产生这些设计的组织的沟通结构"。反过来理解就是"如果系统架构不支持，你无法建立一个高效的组织"。后来这条定律成为划分敏捷协同团队及产品架构设计的重要理论依据。①

1970年，Winston Royce 发表 "Managing the Development of Large Software Systems"（管理大型软件系统的开发）论文，第一次正式描述了瀑

---

① 摘自头条号"振振有词abc"的文章《通过一篇文章来了解"敏捷"的发展历程》。

布模型。如图 0-1 所示，瀑布模型将软件开发的各项活动规定为按照固定顺序连接的若干个阶段，一级一级，自上而下，形如瀑布流水，因此得名瀑布。

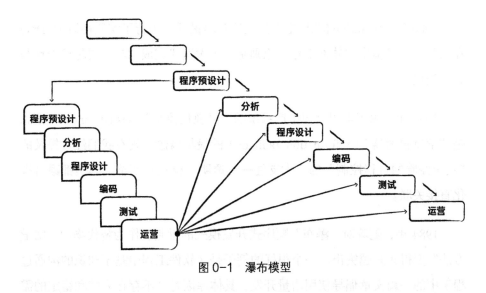

图 0-1 瀑布模型

1974 年，E. A. Edmods 通过论文介绍了自适应性软件开发（Adaptive Software Development，ASD），提倡拥抱变化，借助协作和学习来应对复杂系统的开发。

1975 年，Fred Brooks 出版《人月神话》，提出软件开发"没有银弹"（No Silver Bullet），与此相关的软件危机问题激发起软件行业从业者对轻量级方法的探索。他提出的"Brooks 定律"，即"投入更多的人到一项延迟的工作上，可以导致该项工作更加延迟"，虽然没有得到大多数人认同，但依然抑制不住大家向落后项目中增加人手的冲动。直到后来，动态系统开发方法（Dynamic System Development Method，DSDM）提出了著名的敏捷倒三角形模型，强调有限时间、有限资源情况下，只做有限需求，需要对需求进行优先级排序，方才有所缓解。

1976 年，Glenford Myers 的著作 *Software Reliability*（《软件可靠性》）出版。这本书阐述了一条"公理"——"不应该由开发者来测试自己的代码"，这意味着需要多个角色协作才能保证质量，这跟后期的"全面质量管理"运动不谋而合。

1980 年，由 Harlan Mills 主编的文集对增量开发进行了实质性讨论。Dyer 在文章中明确指出"软件工程的原则是，每次迭代完成的功能要尽可能地与其他迭代解耦"。

1980 年，源于丰田公司生产系统的"可视化控制"（visual control）概念是"信息辐射器"（information radiator）的最早概念，现在我们经常提及的"基于经验的过程控制"的三大支柱——透明、检视和调整，其实都跟可视化直接关联。

1984 年，随着对"瀑布"顺序式开发模式的批判，作为替代物的"增量方法"变得越来越突出。一个很好的例子是《软件工程中基于知识的沟通过程》中的一篇文章倡导使用增量开发，具体原因是"不存在完整和稳定的需求规格"。

1985 年，Tom Gilb 提出了首个有明确命名的、用于替代"瀑布"的增量开发方法——进化交付模型（Evolutionary Delivery Model），绰号是"进化"（Evo）。

1986 年，Barry Boehm 提出了"软件开发和优化的螺旋模型"，提倡通过合适的方法（尽管展示的"典型"例子是基于原型，但不仅限于原型法）来识别和减少风险。

1986 年，竹内弘高和野中郁次郎在《哈佛商业评论》发表了他们的文章"The New New Product Development Game"（新新产品开发游戏）。这篇文章描述了一种类似橄榄球队工作模式的方法，即"产品开发过程是在一个精心挑选的多职能团队的持续互动中产生的，团队成员从头到尾都在一起工作""这种团队自我组织、自我管理，有能力决定如何开展工作，并获得了根据自己决定做事的授权"。据说这篇文章是 Scrum 框架的灵感来源。

1987年，Ivar Jacobson 成立 Objective Systems 公司。他吸纳了增量迭代的思想，开发出 Objectory 过程，并且把过程当软件卖，单份售价达到 2.5 万美元[1]。

1988年，"时间盒"（timebox）被描述为 Scott Schultz 的"快速迭代开发成型"法的基石，这种方法应用于杜邦公司的副业——信息工程协会。现在笔者在讲述 Scrum 框架的起源时会经常提到时间盒。[2]

百家争鸣

1991年，James Martin 在其著作《快速应用开发》中描述的 RAD（Rapid Application Development，快速应用开发）方法或许是第一种把时间盒和迭代（较宽松意义上的"整个软件开发过程的一次重复"）紧密结合在一起的方法，第一次对时间盒进行了细节描述。

1992年，Larry Constantine 在一次拜访 Whitesmiths 公司的过程中创造和报道了"活力二人组"（Dynamic Duo）这个术语，即"每一台终端前有两位程序员。当然，实际上只能由一位程序员操作键盘来编辑代码，但他们两个是并肩作战的"。这其实是关于结对编程最早的记录，现在我们经常用"你开车，我导航"来比喻，但是其中的核心是"并肩作战"。

1994年，在 Rational 公司工作的 Rumbaugh 和 Booch 开始合并 OMT 和 Booch 方法。随后，Jacobson 带着他的 OOSE 方法学也加入了 Rational 公司，一同参与这项工作。他们 3 个人被称为"三友"（three amigo），一起开发 UML，最终提出了"Rational Unified Process"（RUP，Rational 统

---

[1] 1美元合 7.24 元人民币。
[2] 参考 Cyh 的博客文章《敏捷十年简史回顾——影响敏捷开发历程的 27 件事》。

一过程）及 4+1 视图模型。RUP 的中心思想是用例驱动、架构为中心、迭代和增量。RUP 过程如图 0-2 所示，共分成 4 个阶段——初始（Inception）、细化（Elaboration）、构造（Construction）和交付（Transition）。这项工作对整个业界造成了很大的冲击，因为在此之前，各种方法学的拥护者都觉得没有必要放弃自己已经采用的方法，而接受统一的流程，但 RUP 在国内外还是影响了很大一批人。这也是吸引我后来加入 IBM Rational 团队的关键点。毕竟在软件工程领域，虽然 RUP 最终败给了敏捷，但 IBM Rational 团队在方法论及工具方面的沉淀，还是独领风骚很多年，因此，RUP 成为软件开发团队中流传最广的软件过程模型，也成为团队学习软件工程和实施过程改进的重要资料。

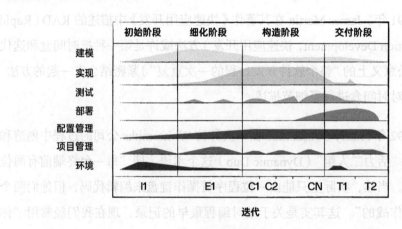

图 0-2　RUP 过程

1995 年，Alistair Cockburn 发表文章 "Growth of Human Factors in Application Development"（应用开发中人类因素的增长），提出迭代方法会逐渐被接受的主要原因之一是软件开发的瓶颈正在转向（个人和组织）学习，并且人类学习本质上是一个迭代和试错的过程。

1995 年，在 OOPSLA'95 会议上，Sutherland 和 Schwaber 联合发表了一篇论文。该论文系统地介绍了 Scrum 方法，这标志了 Scrum 的诞生。Scrum 框架目前能够成为团队级敏捷的主流框架，跟它对各种关键实践的兼收并蓄有着极大关系。

1996年，Kent Beck为了挽救Chrysler Comprehensive Compensation（简称C3）项目而创建了XP（eXtreme Programming，极限编程）过程。虽然Chrysler最终取消了该项目，但是随着Ron Jeffries和Ward Cunningham等人参与到XP的工作中，从此奠定了XP的历史地位。

1997年，Ken Schwaber描述了"每日Scrum站会"（Daily Scrum）〔这在其早期的著作中并未出现，如1995年的文章"SCRUM Development Process"（Scrum开发过程），这项活动后来被Mike Beedle重新整理到第一本Scrum图书中，成为现在广为流传的实践。〕

1997年，Alistair Cockburn受IBM公司委托，开展了一个关于团队规模的研究项目，正式提出了Crystal（水晶）方法。Alistair建立了一个二维坐标系，其中，垂直因素是舒适度（C）、可自由支配资金（D）、基本资金（E）和项目寿命（L），水平因素是"团队规模"，划分出不同颜色的水晶，用于代表不同的团队规模。对水晶方法的细分能够帮助团队更加高效地完成软件开发与项目管理，其中透明水晶（Crystal Clear）是敏捷小团队的适宜模式。

1998年，Jeff De Luca和Peter Code正式提出FDD（Feature Driven Development，特性驱动开发）方法。FDD方法非常适用于团队成员水平参差不齐的情况，因为最有经验的可以做主要编程人员。不过，如果一个小团队中大家的水平都差不多，可能会出现资源浪费的情况。

1998年，持续集成和"每日站立"（daily stand-up）被列入极限编程的核心实践。

1999年，Martin Fowler的著作 *Refactoring: Improving the Design of*

Existing Code（《重构：改善既有代码的设计》）①出版，对敏捷开发中的"重构"实践首次进行系统化阐述。

1999 年，Kent Beck 在其著作 *Extreme Programming Explained*（《解析极限编程》）中创造了术语"大可视化图表"（Big Visible Chart），尽管后来他把此归结于 Martin Fowler。

2000 年，Ken Schwaber 在美国富达投资集团工作时，试图为 Scrum 团队提供一个简单的工具包，于是发明了"燃尽图"（burndown chart），并在其网站上正式描述相关概念。

2000 年，术语"团队速率"（velocity）被添加到极限编程，用于替代先前被认为过于复杂的概念——"负载系数"（load factor）。

敏捷诞生

2000 年春，Kent Beck 组织了一次会议，地点是美国俄勒冈州的罗格里夫酒店，参会者包括极限编程的支持者和一些"圈外人"，正是这次会议促进了后来在雪鸟滑雪场举办的聚会。在罗格里夫酒店的会议上，参会者宣称对一系列"轻量"方法论的支持，但没有发表正式声明。2000 年期间一系列论文都被归类到"轻"或"轻量"流程，其中很多都提到"轻量级方法论，如极限编程、适应性软件开发、水晶系列和 Scrum"。大家交流后发现，没人真正喜欢"轻"这个名号，但这似乎是当时约定俗成的称呼。

2000 年 9 月，来自芝加哥 Object Mentor 公司的 Bob 大叔用一封电子邮件吹响了下次会议的集合哨。"我想召集一个为期两天的小型会议，时间是 2001 年 1 月或 2 月，地点在芝加哥，目的是让所有轻量级方法论的

---

① 该书由人民邮电出版社引进出版，ISBN：978-7-115-36909-3。

领袖汇聚一堂。你们都被邀请了。如果你们觉得还有谁该来，请告诉我。"Bob 建立了一个 Wiki 网站，大家开始在上面热烈讨论。很快，Alistair Cockburn 通过一封书信加入了讨论，他表达了对"轻"这种提法的不满："我不介意用'轻'来描述方法论的轻重程度，但我并不愿意因参加一个轻量级方法学的会议而被看作轻量级的。这听起来有点像一群干瘦、低能且无足轻重的人在试图回忆起某个特定的日子。"关于会议地点的争论最为激烈。芝加哥让人不爽，既冷又无趣；犹他州的雪鸟，虽然也冷，但至少对那些想滑雪的人来说还挺有意思，像 Martin Fowler，他在第一天滑雪时就摔了个脚朝天；加勒比的安圭拉岛，暖和又好玩，但路途太远。最后，还是可以滑雪的雪鸟胜出，不过有些人（例如 Ron Jeffries）还是希望下次能去个暖和点的地方。

2001 年 2 月 11 日至 13 日，在美国犹他州瓦萨奇山雪鸟滑雪胜地，17 位从事软件开发或者帮助他人从事软件开发的人相聚一堂，交谈、滑雪、休闲，当然还有聚餐。他们试图找到共识，最终的成果就是 *Manifesto for Agile Software Development*（《敏捷软件开发宣言》）。参会者包括来自极限编程、Scrum、DSDM、自适应软件开发、水晶系列、特性驱动开发、实效编程的代表们，还包括一些希望找到文档驱动、重型软件开发过程的替代品的推动者。如图 0-3 所示，由全体参会者签署的《敏捷软件开发宣言》成为重要标志，因为这么大一帮人能聚到一起实在不容易。只有英国人 Martin Fowler 表达了对"敏捷"这个词的担心，他认为多数美国人都不知道"敏捷"这个词如何发音。Alistair Cockburn 和很多参会者一样，最初有很大的担忧。"我个人没有期望本次敏捷达人们的聚会能够达成任何实质性共识。"会后，他再次分享了自己的感受。"对我来说，很开心'宣言'能够最终定稿。而让我感到惊讶的是其他人也同样开心，因此我们的确达成了某种实质性共识。"从此，敏捷方法正式诞生。①

---

① 摘自 Scrum 中文网的文章《敏捷宣言诞生记》。

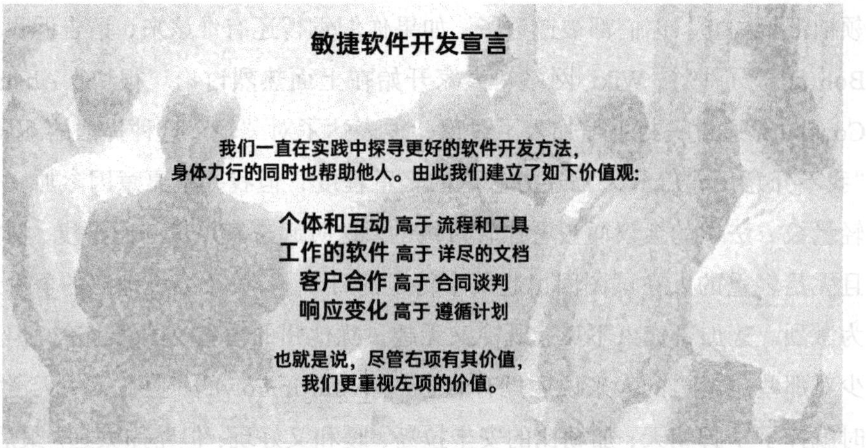

敏捷软件开发宣言

我们一直在实践中探寻更好的软件开发方法，
身体力行的同时也帮助他人。由此我们建立了如下价值观：

个体和互动 高于 流程和工具
工作的软件 高于 详尽的文档
客户合作 高于 合同谈判
响应变化 高于 遵循计划

也就是说，尽管右项有其价值，
我们更重视左项的价值。

图 0-3　《敏捷软件开发宣言》内容（来源：敏捷宣言网站）

百花齐放

2001 年，Ken Schwaber 和 Mike Beedle 出版第一本 Scrum 图书《Scrum 敏捷软件开发》。该书系统地介绍了 Scrum 开发方法，这标志着 Scrum 方法得到完善。回想 2004 年，笔者也是一边读这本书，一边带着团队尝试 Scrum，可谓无知者无畏。

2001 年，Cruise Control 作为第一款"持续集成服务器"（continuous integration server）在开源许可协议下发布。它能自动监测源代码仓库，触发构建和测试过程，并把执行结果和测试报告档案发送给开发人员。（注：虽然 Jenkins 目前更流行，但是 Cruise Control 代表着持续集成实践的真正落地，在后面内容中会展开介绍。）

2001 年，Bill Wake 在一篇文章中指出敏捷团队所使用的两种不同喜好的估算——相对估算（relative estimation）和绝对估算（absolute estimation）。

2002 年，计划扑克的当前形式在 James Grenning 的一篇文章中被列出，这正是 2001 年相对估算方式的落地实践。

2002年，Bill Wake的早期文章提到团队成员对于一些常用术语的理解可能不一致的问题，例如"完成"（Done）。这一概念后来被扩展为"完成的定义"（Definition of Done）。

2003年，Mary和Tom Poppendieck夫妇的著作《精益软件开发》将"敏捷任务板"（Agile task board）描述为"软件看板系统"（software kanban system）。同时，他们提出了精益软件开发的7项原则（消除浪费、内建质量、创建知识、推迟决策、快速交付、对人尊重和整体优化），第一次将精益理念系统地引入软件开发中。

2003年，Bill Wake在一篇文章中介绍了可以用于快速评估用户故事的INVEST（Independent，独立的；Negotiable，可协商的；Valuable，有价值的；Estimatable，可评估的；Small，小的；Testable，可测试的）检查单。该文章还为用户故事分解得到的技术任务改写了SMART的缩写（Specific，具体的；Measurable，可衡量的；Achievable，可实现的；Relevant，相关的；Time-boxed，时间盒的）。（需要注意的是，这里的T与一般的SMART中的T不一样。）

2004年，Kent Beck将"完整团队"（Whole Team）作为之前名为"现场客户"的实践的新名称。这应该是把"现场客户"纳入完整团队来看待了。

2004年，INVEST准则成为Mike Cohn的著作 *User Stories applied*（《用户故事与敏捷方法》）中推荐的技术之一。

2004年，David Aderson的第一个软件看板系统在微软公司XIT软件维护团队中实施。这为后续看板方法的提出奠定了实践基础。

2005年，计划扑克技术在Scrum社区中开始流行，这归功于Mike Cohn的著作 *Agile Estimating and Planning*（《敏捷估算与规划》）。这是制订敏捷计划的技术之一。

2005年，术语"Backlog梳理"（backlog grooming）开始流行。该术语

最早的使用记录源自 Mike Cohn 在 "Scrum 开发邮件列表"上的观点。几年之后，这个实践才被正式描述。

2005 年，Alistair Cockburn 和 Jim Highsmith 领导的小组撰写了项目经理原则的增补版《敏捷项目管理》，向项目经理介绍敏捷开发方法。这本书对于敏捷社区的影响还是很大的，现在被美国项目管理协会（Project Management Institute，PMI）列为官方 ACP（敏捷专业人士认证）参考资料之一。

2005 年，Jeff Patton 在文章 "It's All in How You Slice It"（这完全取决于你如何分割它）中明确表达了"故事地图"（story mapping）的概念，但当时并没有给出这个现在广为流传的名字。

2006 年，Esther Derby 和 Diana Larsen 创作的 *Agile Retrospectives*（《敏捷回顾》）填补了敏捷回顾实践的空白。

2007 年，敏捷社区发布了看板团队的几份实践报告。这些团队使用了一套称为"看板"（KANBAN）的特别修订方案：没有迭代，没有估算，持续地带着在制品限制的任务板。这些报告包括来自 Corbis（David Anderson）和 BueTech（Arlo Belshee）的报告。这其实也是对基于迭代的敏捷方法的极大补充，毕竟之前的方法论都是以迭代为主的。KANBAN 方式提出这种基于流的工作方式，更加灵活，增量可大可小。对于不好制订计划的敏捷项目，这是一个福音。

2008 年，Cem Kaner 给出了"探索性测试"（Exploratory Testing）的一个新定义。这反映出这种测试方法在不断完善。

2008 年，Agile 2008 大会专门设置了一个论坛来讨论"用户体验"（User Experience）的相关实践，例如可用性测试（usability testing）、用户画像（personas）及纸上原型（paper prototyping）。

2008 年，Jeff Patton 的文章 "The New User Story Backlog is a Map"（新

的用户故事待办事项是一幅地图）图文并茂地描述了"故事地图"实践。

2008年，虽然最初提到团队开始使用"就绪的定义"（Definition of Ready）的时间是在年初，但第一次正式的说明似乎是从10月开始的，并且该术语很快就被纳入了"官方"的Scrum培训材料。

2009年，我携手许舟平老师，创作了国内第一本小说体敏捷著作《敏捷无敌》。该书以主人公阿捷学习敏捷的艰难历程为主线，展示了一个团队实现敏捷转型的全过程。

持续交付

2009年6月，美国圣何塞，第二届Velocity大会上一次名为"10+ Deploys Per Day: Dev and Ops Cooperation at Flickr"（每天超过10次部署：来自Flick开发和运维人员的协作）的演讲轰动世界，后来几乎所有和DevOps相关的资料都会把这次演讲作为DevOps萌发的标志。这次演讲提出了DevOps的"一个中心，两个基本点"，即以业务敏捷为中心，打造能适应快速发布软件的工具（tools）和文化（culture）。

2009年，持续部署（continuous deployment）实践开始流行，尽管仍有些争议，特别是Timothy Fitz的文章"Continuous Deployment at IMVU"（IMVU的持续部署）。争议是什么不重要，但这篇文章不仅在敏捷领域变得非常重要，在创业圈也很火热，因为IMVU就是写出《精益创业》的Eric的创业项目。

2009年，Don Reinertsen创作的 *The Principles of Product Development Flow*（《产品流式开发的原则》）揭示产品开发流的本质，并提出相匹配的175条原则，讨论了排队论、延迟成本、加权最短作业优先算法等。这本书对于后来很多规模化敏捷方法论都产生了深远影响。

2010年，David J. Anderson创作的 *KANBAN–Successful Evolutionary*

Change for Your Technology Business（《看板方法：科技企业渐进变革成功之道》）正式出版。该书的出版代表 KANBAN 方法作为一个正式敏捷方法论日臻完善。

2010 年，《持续交付》的作者 Jez Humble 参加了第二届 DevOpsDays 并做了"持续交付"的演讲。从本质上说，《持续交付》中所提到的实践为开发团队如何与运维团队协作提供了最佳实践。如果《持续交付》早两年问世，也许就不会出现 DevOps 这个术语。然而，随着 DevOps 理念的传播，DevOps 概念的外延越来越广，已经超出了持续交付本身所涵盖的范畴。

2011 年，"Backlog 梳理"实践升级为 Scrum 的官方元素，并被纳入 *The Scrum Guide*（《Scrum 指南》）。

2011 年圣诞节过后的一场大雪，作为当年的初雪，比以往来得要晚一些，几个程序员在麦当劳的豪华包间里做出了一个艰难的决定：mv -f hudson jenkins（将 Hudson 迁移至 Jenkins）。于是，影响整个敏捷界的持续集成工具 Jenkins 诞生了。这段历史充满了戏剧性，正所谓惹谁千万不要惹怒程序员。Jenkins 的前身叫作 Hudson，最初是由 Sun 公司在 2004 年夏天开发的（就是开发 Java 的那家公司）。2005 年 2 月，Hudson 开源并发布了其第一个版本。当时，Cruise Control 在持续集成领域占有率排名第一。但是很快，大约在 2007 年，Hudson 的占有率已经超越 Cruise Control。2008 年 5 月，在 JavaOne 大会上，Hudson 获得了开发解决方案类的 Duke's Choice 奖项。从此，Hudson 成为持续集成的代名词。然而，2009 年 6 月，Oracle 公司收购 Sun 公司后，发生了一件令所有人都惊呆的事情。2010 年 9 月，Oracle 公司将 Hudson 注册为商标。这一行为在 2010 年 11 月被 Hudson 社区的核心开发人员发现，引发了他们的强烈不满。随后，双方进行了不太友好的谈判，不出意料地谈崩了。于是就出现了前面的场景。[①]

[①] 摘自 CSDN 网站的文章《Jenkins 简介起源介绍》。

2012 年，敏捷大师 Gojko Adzi 在 *Impact Mapping*（《影响地图》）一书中提出，通过 Why→Who→How→What 4 个层次的分析法，以结构化的形式显示业务目标（Why）和产品功能（What）之间的联系。这种方法可以帮助团队清晰地看到每个功能对实现业务目标的具体影响路径，确保团队开发的每一个产品功能都是有价值的。

2014 年，Jeff Patton 创作《用户故事地图》。他在这本书中对用户故事地图实践进行了系统化的阐述，为业界对产品待办事项的梳理方式打开了一扇新的窗口。该方法促进了不同角色之间的协同工作，并有效解决了长期困扰团队"只见树木，不见森林"的问题。

2017 年，Janet Gregory 和 Lisa Crispin 重新定义了"敏捷测试"（Agile Testing），这是对该主题首次提出的简洁定义，并且已经被敏捷社区广泛接受和认可。

规模化敏捷

1996 年，Scrum of Scrums 模式首次在 IDX Systems（现为 GE Healthcare）项目中实施。当时 Jeff Sutherland 是该公司的工程部高级副总裁，而 Ken Schwaber 作为顾问，协助推广 Scrum 实践。该项目涉及 8 个业务部门，每个部门都有多个产品线。每条产品线都有自己的 Scrum of Scrums。一些产品线甚至有多个层级的 Scrum of Scrums。每条产品线都被要求在 3 个月或更短的时间内推向市场。所有产品线每 6 个月必须进行一次完全集成、升级和部署，以满足像斯坦福医疗系统等区域性医疗保健供应商的需求。由此可以看出，可以存在多个甚至是并行的 Scrum of Scrums，而每日 Scrum of Scrums 站立会议也可以根据各自的焦点划分为独立的子会议。①

---

① 摘自 CSDN 网站的文章《[Scrum 模式语言 5]Scrum of Scrums》。

2001 年，最早提到 Scrum of Scrums 的出版物是 *Cutter IT Journal*，同时它也出现在 2011 年的 Scrum 论文中。

自 2005 年以来，Craig Larman 和 Bas Vodde 与多个组织合作，将 Scrum、精益和敏捷开发扩展到大型产品组。他们将从这项研究中获得的经验和知识转化为一个名为"大规模 Scrum"（LeSS）的敏捷框架草案。虽然许多思想领袖已经提出了这样的想法，但 Craig 和 Bas 认为，Scrum 作为一个框架，具有有效采用敏捷所需的所有要素，而不管规模如何。因此，他们制定了 LeSS，力求简洁，没有额外的术语或复杂的描述。

2011 年，Dean Leffingwell 作为 SAFe（Scaled Agile Framework，规模化敏捷框架）的首席方法论专家，正式发布了 SAFe 的 1.0 版。在随后的几年内，SAFe 融入了敏捷、精益、系统思考、设计思维、精益创业、DevOps 等核心理念，形成了四大核心价值观及十大原则，覆盖了团队、项目群、解决方案和投资组合 4 个层级。特别是敏捷发布火车（Agile Release Train）的概念和项目群增量计划会议（PI Planning）实践，在规模化敏捷方向非常具备代表性。（题外话：其实，Dean 与 RUP 是有非常大的渊源的，因为他创立的 RequisitePro 公司被 Rational 公司收购，后来他成为 IBM Rational 的副总裁。在他推出 SAFe 时，社区有人戏言"曾经的 RUP 小子又回来了"，借此批评 SAFe 过于庞大、不够敏捷，不过这种看法因人而异。）

2012 年，还在 IBM Rational 团队的 Scott Ambler 与 Mark Lines 提出了规范敏捷交付（Disciplined Agile Delivery，DAD）过程框架，这也是一个规模化敏捷框架。是的，你没看错，又是出自 IBM Rational 团队。当时，行业认为采用 DAD 方法会比传统的 RUP 方式在企业级软件生产与交付时拥有更高的效率，而且得到了 Gartner 的特别推荐。

2012 年 11 月，知名敏捷教练 Henrik Kniberg 发布了一篇博文"Scaling Agile @ Spotify with Tribes, Squads, Chapters & Guilds"（Spotify 的部落、

小队、分会和公会式的大规模敏捷）。这篇文章及后面将介绍的 Spotify 研发过程、工程文化的另外两篇文章一起构成了"Spotify 模式三部曲"，一时成为坊间要闻。创造了规模化敏捷的 Spotify 模式成为很多公司竞相模仿的一种形式。

2015 年，Ken Schwaber 对外发布 Nexus 规模化敏捷框架，并认为"规模化的 Scrum 框架（Nexus）仍然是 Scrum"。这句话听起来很熟悉，因为另一个规模化敏捷框架宣称"LeSS 也是 Scrum"。

2016 年，SAFe 推出 4.0 版。该版本从收集到的案例数据中总结出在生产效率、产品上市时间、交付质量、员工满意度等多方面成效显著的方法。

2018 年 3 月，CMMI 2.0 明确提出支持敏捷。

2018 年，Jeff Sutherland 跟 Scrum 联盟合作，一起创作并发布了 Scrum@Scale。它结合了最小可行的管理机构。这是 Mozilla 和 Spotify 推广的一种敏捷开发方法。

2019 年 8 月，美国项目管理协会宣布收购 DAD，算是在 ACP 认证之外补全了规模化敏捷。

2019 年 12 月，SAFe 推出 5.0 版，正式提出了业务敏捷的七大能力。其中，双操作系统概念令人眼前一亮，受到众多 500 强公司的追捧。在国内，SAFe 的推广离不开李建昊老师的杰出贡献。他不仅最早创立了中国的 SAFe 社区，还发起了 SAFe 四季峰会，并培养了多位 SPC（SAFe 咨询师）。我也是那会儿成为 SPC 的。同年，Dean Leffingwell 来中国，作为非时空交集的 IBM Rational 团队的同事，我、许舟平老师、Dean Leffingwell 一起合影留念并交换了对敏捷的看法，如图 0-4 所示。与 Dean 一起回忆 IBM Rational 团队的往事和趣闻，我们依然有很多共同的话题。

图 0-4　许舟平（左）、Dean Leffingwel（中）、王立杰（右）合影

2020 年 4 月，Jeremiah Lee（Spotify 前员工）在自己的博客中发表了一篇颇具争议的文章"Spotify doesn't Use 'the Spotify Model' and Neither should You"（Spotify 自己没有采用 Spotify 模式，建议大家也不要乱用）。真可谓一石激起千层浪。Lee 回忆说，2017 年他在斯德哥尔摩总部面试产品管理职位时，招聘人员曾告诫他不要指望 Spotify 是一个敏捷的"乌托邦"。加入公司后，他亲眼见证了公司的规模在 18 个月内翻倍至 3000 人。他认识到，Spotify 著名的 Squad（小队）模式只是一种理想状态，而且该模式从来没有完整实施过。他还观察到，随着公司领导逐渐转向更传统的管理结构，组织内部出现了混乱。

2021 年 7 月，备受期待的《项目管理知识体系指南》（PMBOK）第七版正式发布。新版本增加了与敏捷相关的内容。据称，在新的 PMP 考试中，敏捷将会占据一半内容。这可以说得上是一次极大的革新与颠覆，打破了唯项目管理讲项目管理，纳入了许多通用管理学、管理心理学、产品设计理论的知识和理念，例如，新版本中提到了"神奇的数字 7"，建议敏捷团队的成员数量最好控制在 7±2。

持续敏捷

敏捷的发展简史终于回顾完了。我肯定还遗漏了很多内容。不知道你有没有注意到,许多人为了寻求"敏捷",一直在坚持不懈地努力,或自己亲身实践,或帮助他人,他们的脚步从未停止。毕竟,"敏捷"只是一个目标,其实,我们所有人都在追求"她"的路上。

Being Agile(持续敏捷)!

现在你明白谁动了你的"敏捷"吗?

其实没有其他人,那个人只能是你自己。

在这个不断变化的世界中,"敏捷"也在不断演变。无数的人正在创造无数种"敏捷"。

或许你不信,接下来我们会给你讲一个叫"敏捷漂流记"的故事,里面有很多有趣的敏捷江湖人物,他们都特别喜欢玩一种叫"漂流瓶"的游戏,每次遇到奇遇,就会用自己的独家心法写出来,放入"漂流瓶",发布于敏捷江湖,以求扬名立万。

让我们一起去捡起这些漂流瓶吧。

属于你的"敏捷"没准会出现在这些漂流瓶中,也可能在你自己之后的行动中,还可能来自你自己的思考。无论如何,只要你保持开放的心态,享受求知之路的乐趣,一定会找到属于自己的"敏捷"。

王立杰
中国 DevOps 社区第一届理事会主席

楔子

江山代有人才出，各领风骚数百年。

自 17 位敏捷大师共同签署《敏捷软件开发宣言》以来，为了更好地推广敏捷，其中的 10 位大师出面组建了敏捷联盟，同传统的开发方法论形成犄角之势。敏捷联盟提倡采用敏捷纪元法后，影响力日盛，这让"敏捷"二字在江湖上引起了不小的震动。面对这股新兴的力量，各大门派的反应各异，有拒绝的，有观望的，有不屑的……唯有中小门派有研习的，有欣然纳入囊中的，亦有半遮半掩的。各家态度截然不同，不乏一些精心研究的，已然小有所成。更有传言：得敏捷之真经者得天下。此话一出，瞬间引起江湖中的新一轮骚动。

在东华胜州，研习敏捷的门派日益增多，并逐渐形成不同分支。其中以 Scrum 分支的门徒最为众多。Scrum 门徒乐善好施，毫不吝啬地传授和与人切磋，并形成 Scrum 联盟，势头已经盖过早几年成立的敏捷联盟。在敏捷联盟日渐式微的情况下，Scrum 联盟本可一统江湖，奈何因为利益与正统之争，内部出现了分裂，又搞出了几处分舵，相互制衡，让其他门派看足了热闹。

见此情景，敏捷联盟想重振敏捷雄风，计划 3 年后举办一场敏捷武林大会，届时，将要评出十大敏捷门派，同时会选出一位敏捷盟主，以号令整个敏捷江湖。在这场敏捷武林大会上，比拼的不仅仅是内力和剑术，同时还有人才储备，而敏捷力更是重中之重。研习敏捷的小门派逐渐壮大，他们放出狠话，誓要把守旧的十大门派挑下马。各大门派已经按捺不住，争相派人学习，不甘落于人后。

天泽观，掌门秦冲玄，该派第十代传人。虽天泽观的弟子300有余，但秦掌门的宝贝女儿秦倩唯独对敦厚老实的大师兄郭宇飞青眼相看。秦掌门见女儿属意，也愿意成人之美，已将二人亲事定下。作为近年迅速崛起的一个门派，天泽观想借本次敏捷武林大会一举扬名，故对本次大会尤为重视。周逍遥是秦掌门的师弟、秦倩和郭宇飞的师叔。该人性格豪爽，武功高强。虽然一把年纪，但童心未泯，未曾娶妻，更是把秦倩视如己出，呵护有加。秦倩曾秘密拜访Scrum的创始人，并在其隐退之前跟随学艺数年，现已深得其真传。

白云轩门主萧楚费尽心机把师叔俞邦风请出山，打算利用其与17位敏捷大师的往日情谊，邀请几位大师来做白云轩的客卿，以大力发展教派的敏捷力。俞邦风虽然白发苍苍，但是童心未减，喜欢热闹，同时酒量惊人。萧楚这些年没少闭关，意图修炼一部新的功法，将日常事务交给门下大弟子丘仁和打理。萧楚的妻子汪蓉爱好敏捷，熟知各大门派的敏捷心法，对各家独到之处相当了解。针对门内敏捷导入事宜，萧楚经常咨询汪蓉的意见。

天仙阁属于闲散帮派。阁主向宫筱多年前便把帮派事务交给了4位长老。长老们不遗余力，将帮内事务打理得井井有条，然而，随着时代的发展，新兴事物层出不穷，在应对环境的变化上，长老们难免因循守旧，不够开放，导致近几年天仙阁的发展停滞不前。向宫筱和长老们商量，决定趁着准备参与本次敏捷武林大会的时机，大胆培养和起用新人，将新思想落地，以期大展宏图。帮内大弟子张衍，虽出身平民，但勤奋好学，武功精进神速，被寄予了厚望。

丹鼎院院主祁梁头脑聪慧，凭借对炼丹的钻研，在炼丹行业打开了一片天地，成为新一代的炼丹宗师。丹鼎院研制的丹药不仅可以延年益寿，而且能够大力提升敏捷力。这些丹药只有预约才能买到，而且售价已经翻了几番。祁梁膝下有三子，各有所长：长子祁云江继承了父亲的炼丹技艺；次子祁云海自幼不喜炼丹，早早离开丹鼎院，拜入昆仑门下，学习刀法；幼子祁云天唯独对各种游戏感兴趣，天赋超人。

造物派擅长造就各种奇妙机械，在新门主诸葛和诚的带领下，这些年发展迅猛，门内弟子更是精英辈出。这些弟子不仅理念超前，更是因为制造的敏捷工具而在江湖上声名显赫。

乌羌派是东华胜州的小众门派之一，其掌门人达瓦尔年仅二十二，野心勃勃，麾下猛将如云，多骁勇善战，但早年因缺少谋略之士，并未在江湖上引起重视。自从在一次敏捷盛会中求得敏捷教练戈尔霍的辅佐，力推敏捷变革，乌羌派的战斗力迅速提升，成为江湖上一股不可小觑的力量。同时乌羌派接连向其他门派发起挑战，力图一统江湖。

渡真门，传言乃是若干年前从西域迁来的门派，寓指渡到东方，寻求真经。掌门吴启贤已经是第八代传人。该派的门人虽然不多，但均是智谋超人之辈，常被其他门派邀请担任客卿，影响力颇大。门下弟子中，唯属刘雁依最为出色，号称"智多星"，对敏捷力的领悟之深，俨然有直追17位敏捷大师的势头。

雪月城，城主司空长风，江湖人称枪仙，司空千落的父亲，萧瑟的师父，前任朱雀守护，手持乌月枪。司空千落，继承父亲"银月枪"，性格直爽泼辣，敢爱敢恨。对萧瑟一见倾心，再见定情。萧瑟，北离六皇子，永安王，手持无极棍、天斩剑。

黑风崖，乃南派新秀，位于南方临海一处神秘地带。所谓海纳百川，近年来此地依托独特的海域风光和创新包容的文化氛围吸引了大批武林后起新秀，其中以陈峰、叶不凡和楚天等敏捷实践派人物尤为亮眼，与之相邻的桃花山庄在其带动下也混得风生水起，成为江湖英雄们谈酒论道的好去处。

除了这些新兴门派以外，丐帮、武当、少林、峨眉、华山等传统门派亦对本次敏捷武林大会非常重视，从掌门到弟子，均摩拳擦掌，精进武功，发展敏捷力。

正所谓天下大势，分久必合，合久必分，敏捷江湖风云起，数风流人物，还看今朝。备战敏捷武林大会期间，各门派均使出浑身解数，精进武功的同时大力发展敏捷力，"敏捷漂流记"的大幕就此拉开。敏捷能否如滔滔洪流席卷江湖，掀起波澜，让我们拭目以待。

每日站会篇

第1章 秦掌门：如何解决每日站会迟到问题

作者：黄隽

秦掌门闲来无事，在天泽观所在的天泽岛上搞了一个互联网项目，从江湖上招募了10名侠客，组建了"天泽真经游戏"项目研发团队，研发地点就设在天泽观。新团队采用了江湖盛传许久的敏捷方法，不过每天早上开站立会议时经常有人迟到，迟到的时间为3~8分钟。对此，秦掌门束手无策，恨得牙根痒痒，要不是因为互联网时代的舆论汹涌，这几个迟到的家伙应该不知道吃了几次"天泽白骨爪"。因为这件事，秦掌门闷闷不乐，起初每逢夜幕降临，面对大海还会吹起"天泽索命曲"，到后来连箫都懒得拿出来了。

回岛省亲的秦倩看秦掌门天天如此焦虑，暗暗察访了一番，了解到图1-1所示的内幕。

内幕一

团队每日站会的开始时间是日出9时。岛上没有正常的考勤，工作时间为日出9时至日落6时。侠客们的现状是日出9时左右到清音洞，日落7时左右离开，有时甚至会更晚。秦掌门对待侠客们迟到的现象也表示理解，毕竟有些确实晚上加班到很晚，早上晚来一些是可以接受的。

内幕二

个别侠客之所以迟到，是因为临时处理其他任务而忘记了开会时间或因岛上的通勤船只有限，交通早高峰所致。

内幕三

开站会时，侠客们对待迟到的做法是不予理会。因为侠客们之间比较熟悉，出来混讲究个"义"字，抹不开面子，加上迟到的时间也不长，毕竟你好我好大家好，大家都是来混江湖的，老油条思维还是要有的。

内幕四

即使有侠客迟到，其他侠客也会把漏掉的信息同步给迟到者，以便迟到者可以跟上信息同步的进度，避免被秦掌门发现，挨他的"弹指神通"。

图 1-1　秦倩了解到的内幕

待摸清内幕后，秦倩飞鸽传书，直接找到足智多谋的敏捷界一姐赵敏。

不到一日，赵敏的回复如下。

分析原因，共同决定
同一时间，同一地点，准时开会
有人迟到，不重复同步信息
理解迟到，关心成员是否有苦难
小惩罚机制
考虑桃花岛岛规

秦倩看过信后，茅塞顿开，觉得"天泽真经游戏"项目研发团队真正的问题是如何解决迟到现象，不浪费时间给迟到者同步信息，如何做到遵守时间盒和提升每日站会的效率。

于是，秦倩亲自下厨做了几道小菜，翻出一坛桃花酿，请秦掌门小酌，随后与其确定了几个练功心法的优化方案。

方案一：秦掌门首先召开一次针对经常有人迟到现象的沟通会。侠客们在回顾会议上可以认真分析原因，重新征求意见。

大多数人更喜欢在开始工作之前召开每日站会，讨论完谁在做什么之后投入工作。然而，人们不是同一时间到达天泽观的，得找一个适合所有人的每日站会时间。

为什么每日站会的开始时间一定是日出9时？凭什么非要听秦掌门的？经过讨论，大家选择了9时。

方案二：促进侠客们形成自觉按时到场的意识和尊重别人的意识。大师兄（会议主持人/Scrum Master）要按照预定的时间、地点准时开始会议，而不管其他没有到场的侠客。另外，每天同一时间、同一地点也有助于养成准时参会的行为习惯。

方案三：即使有侠客迟到，也不要同步信息给迟到者，否则会传递"可以迟到"的信号，同时这也是不尊重他人时间的表现。（毕竟正常准时参会的侠客已经知晓这些信息。）

方案四：对于经常迟到的侠客开展谈话活动，尝试理解他们的问题，以及是否有真正的困难，关心团队成员，一起帮助解决困难。

方案五：建议为迟到的侠客准备一些"奖励"，例如发红包、倒立、请全体喝下午茶等。这些"奖励"的措施和数量由全体侠客事先共同商定。如果是发红包，如何支配由团队共同决定，避免由秦掌门或大师兄决定并让团队执行。相比别人给出的规则，大家更愿意执行自己制定的规则，履行自己的承诺。如果说发红包和请全体喝下午茶这样的"惩罚"对某些"土豪"来说缺乏约束力，那么可以考虑把"惩罚"做到可视化。例如，在天泽观的墙壁上划定一个特定区域，每次迟到就在该区域贴上迟到者的画像，次数累加。这个特定区域作为迟到信息的扩大器，可以让更多的侠客看到。俗话说"人要脸，树要皮"，相信会使某些人有所收敛（此方法要多考虑成员性格是否开朗，避免过度伤害其自尊心）。

方案六：如果迟到现象严重到团队无法解决，可以试着从天泽岛岛规方面着手，严格执行岛规。这虽然是不得已的措施，但并不符合敏捷的自管理思想，也不是真正解决问题的最佳方法。侠客们应该深刻理解每日站会的价值，自组织并积极参与每日站会，这才是根本之道。

处理完这次小风波后，侠客们对每日站会的热情被彻底激发，再也没有发生迟到的现象。秦掌门终于重拾箫，一口气谱出了"每日站会交响曲"，同时对敏捷每日站会有了新的感悟。

那么，该如何让新侠客们理解每日站会的重要性呢？

或许，以后新侠客上岛后得先参加一次针对基本功的培训活动。

首先，让新侠客理解每日站会是一次检视、同步和适应性制订每日计划的活动，可以帮助自组织团队更好地完成工作。通过参与每日站会，侠客们可以了解项目进展，知道发生了什么事情，冲刺目标的进展，以及当天工作计划的调整和可能遇到的问题或障碍。有些侠客可能认为每日站会是用来解决问题的，是传统意义上向秦掌门汇报练功状态的会议。这些理解其实都是不准确的，或者说误解了每日站会的核心意义和价值。

其次，要让他们理解每日站会对于集中精力在正确的任务上是十分有效的。在团队成员面前作出的承诺往往能够促使侠客们更加认真地对待自己的责任。通过在团队成员之间形成一种精神激励，可以增强成员对每日工作目标的承诺。此外，每日站会还可以保证大师兄和侠客们可以快速识别和处理障碍，培养团队协同作战的文化。这种文化让每个成员都意识到"整个团队在一同战斗"。

第 2 章　秦倩：如何解决每日站会超时问题

作者：王艳

秦倩对"天泽真经游戏"项目非常感兴趣，时不时回来跟大家聊聊这个游戏项目，她还特地找赵敏师姐请教了敏捷方面的问题。在解决每日站会迟到的问题后，"天泽真经游戏"项目研发团队逐渐养成了开每日站会的习惯，每天 9 时在天泽岛大佛岩下开始，就这样持续了 2 周的时间。

这天，秦倩又有了一种关于游戏的新方法，准备跟父亲秦掌门交流，但发现他愁眉不展，很是焦虑，于是秦倩问父亲怎么了。秦掌门说："最近你的几个师兄反映，每日站会开的时间太长了，经常超过半个小时，大家觉得特别浪费时间，不想再开站会了！"秦倩说："爹，你别担心，明天我也参加每日站会，看看大家为什么会开这么久。"

第二天 9 时，秦倩与大家一起参加了每日站会。今天的每日站会由师兄周山风主持，加上秦倩，参会的一共有 11 人。整个每日站会的过程是这样的。

曦曦首先开口道："我昨天最开始的打算是开发包裹查询功能，后来山风师兄说有个着急的 Bug 需要尽快解决，我就去处理那个 Bug 了，可能是由于接收到的请求没做排重造成的，改这个 Bug 花了大半天的时间，后来又……"

就这样，曦曦手舞足蹈地说着，5 分钟很快过去了，只有玄炎一个人看着自己的妻子，听得非常专注，但其他人已经明显不耐烦，但忌惮曦曦的"九阴白骨爪"，却也不敢多言语。

玄炎说："我昨天先帮曦曦看了一下她的那个Bug，问题还是非常复杂的。也就是曦曦聪明，再加上我的灵感，如果不是我们两个合璧，肯定搞不定。换作你们，一个人估计得搞个两三天。我来给你们讲下其中的关键技术。对于曦曦没提到的内容，你们要仔细听，下次我可不单独讲。谁要是再犯类似的错误，小心我告诉师父……"对于这一顿夸奖，大家先是有所鄙夷，但后来听到技术精妙处，也不得不暗暗佩服，周山风还带头鼓起了掌。

周山风说："呃，我昨天都干了什么？好像写完那个最复杂的动画效果的代码，又与测试沟通解决了一个Bug，然后开了一个会……稍等，我想想，呃呃呃，想不起来了，等我想起来再说，你们继续。"

冯默默说："我遇到一个严重问题，咱们的导航架构设计得好像不太合理，容易进入死循环。对了，曲师姐，你当时为什么采用这个设计呢？我现在要怎么办，你给出个主意呗……"

曲灵说："那个架构怎么可能有问题？！是你不会用吧。你先说说你是怎么用的？"

冯默默说："我是参照你的文档中的例子做的，就改了一个参数，加了一个判断逻辑。"

曲灵说："例子只是示意，你得看其中的逻辑，不要总是榆木脑袋好不好，打铁打傻了吧！还说架构有问题，你应该这么用……"

冯默默与曲灵两人你来我往，自顾自讨论起来，其他人以看戏的心态看着两人吵架。

秦倩一看形势不对，大声说道："散会，散会！这么开会，还干不干活了！"

大家看师妹秦倩的脸色难看，赶紧散了。

很明显，作为过来人的秦倩知道这些人犯了如下的典型错误。

- 陷入解决某个问题的喜悦中，描述过于细致，抓不住重点。
- 记不清自己做的内容，会上回忆占用过多时间。
- 在每日站会上做技术分享。
- 提出阻碍性问题，在每日站会上讨论具体的解决方案。

当天秦倩通知大家，从明天起，每日站会改到午饭前15分钟。

第二天午饭前，众人开始开每日站会，还是老路子，结果很快就过了午饭时间，等众人赶去吃饭时，发现食堂早已没有食物。众人正准备闹事，秦掌门闪了出来。

众人看到一旁坏笑的秦倩，赶紧围过去，让她出个主意。秦倩嘿嘿一笑，说道："每日站会不是分享会，请提前准备，谁忘记内容，罚不能吃午饭；每人的发言时间限制在 1～2 分钟，山风师兄，你要是发现有人没有抓住重点，可及时打断他们。另外，如果有人提出问题，我们可以记录下来，会后单独沟通，不要在会上讨论细节。"

次日，大家照此执行，效果显著，终于赶上了午饭。秦掌门见状，终于可以放下心中的忧虑，安心继续修炼了。

几日后，有人在敏捷江湖中捡到一个漂流瓶，其中附带的纸条上写着如下内容。

秦倩每日站会不超时四项准则

1. 不讨论细节，会议主持人要及时提醒；
2. 暴露问题后，记录下来，会后单独解决；
3. 每人提前准备好要分享的内容，不要在现场回忆；
4. 严格遵循3个问题模式，保持阵型不乱。

第 3 章　张衍：如何避免领导对团队每日站会的打扰

作者：王立杰

天泽观开发"天泽真经游戏"项目的消息迅速在江湖上引起轰动。作为一代宗师的天仙阁阁主向宫筱听闻此事后，心中颇为不服。于是，他马上安排天仙阁的弟子着手开发"天仙传奇游戏"项目，而且也要采用敏捷模式。然而，江湖中人对此议论纷纷，皆讽刺向宫筱太没有创意了，这摆明就是与天泽观直接竞争。

敦厚老实的大弟子张衍被向宫筱选为 Scrum Master。虽说张衍对武功有着不错的悟性，但对于这个新角色，没经历过正规培训的他一头雾水。但无论如何，每日站会是最简单也是最好模仿的，先做起来再说。

按照江湖传言，张衍召集了 8 个优秀的年轻天仙阁三代弟子，让他们围成一圈，轮流向向宫筱回答 3 个问题。

尽管每日站会看起来简单，但是实际操作起来还真麻烦。向宫筱的一系列行为使每日站会变得非常不确定，张衍为此事颇为伤脑，不禁开始怀疑自

己的智力，甚至开始怀疑人生。

到底哪里出问题了？

首先，向宫筱是个闲不住的人。他一会儿坐在石头上，一会儿吊在树上，一会儿倒立，根本就没个正形，一点也不像位武林宗师。这也使得参加每日站会的众弟子大早上就追着他跑来跑去，不明白缘由的其他弟子还以为向宫筱带着弟子们在玩"老鹰捉小鸡"游戏呢。

其次，有时某个弟子刚开口，还没说明白，向宫筱因为已经了解了相关详情，就会不耐烦地打断说话的弟子，直接不让他继续说。此时其他弟子想要了解详情，只能会后与该弟子沟通，毕竟团队协作需要了解彼此的进展。

再次，对于部分弟子的工作，向宫筱秉承"打破沙锅问到底"，甚至问游戏人物的服装颜色应该如何定义这样的问题。特别是当讨论到自己的人物造型时，他提出了一系列具体的数字要求，如胡子一定要长过116毫米，不低于818根，眉毛一边要有88根，另一边要有98根，以追求飘逸的效果。这让负责的弟子恨不得以头撞地，因为昨天向宫筱才说过另外一组数字，而且跟前天的数字也完全不一样。

最后，当有弟子抱怨开展工作时遇到问题，请求帮助时，向宫筱最初还会带着坏笑，心里暗暗觉得笨就是笨，毕竟，当初张衍练习武术也是这样的，没准过两天就开窍了。可是，随着项目开发进度严重滞后，向宫筱开始生气，拿起龙头杖就是一通乱敲，害得众弟子得随时运起护体神功，避免被打。这样一通打闹，使得众弟子不仅不敢暴露问题，而且对于其他人弟子说的话也是充耳不闻，毕竟运功防身需要保持专注才行。

由于敏捷这一概念实在新颖，有话题感，天仙阁的门人以为这又是什么新的武功心法，先是以陆源为首的一帮八代长老每日开始围观，接下来越来越多的六代、七代弟子也开始在外层围观。由于人数众多，你一言我一语，现场看起来就像要猴卖艺，实在是嘈杂得很。这种状况迫使张衍不得不施展

"狮子吼"绝学,才终于让人群安静下来。这还不是最麻烦的。最令人头疼的是,一些正常参会的八代弟子如果来晚了,武功又不高,根本就挤不进去,急得在圈外直跳脚。

这日,小师妹向落落去接张衍回家。她远远地就看到张衍使出"切勿有悔",一连击碎了几块巨石,踢断了几棵碗口粗的树。在向落落的引导下,张衍把这些日子的委屈一股脑儿地倒了出来,并感叹:"真是一失足成千古恨,悔不该踏进敏捷这个坑啊!"

向落落听后只是微微一笑。这些日子以来,她已经偷偷拜赵敏为师。对于每日站会这点小事,赵敏还是胸有成竹的。向落落让张衍从明日起让位于她,她来帮他带几日团队。(注:关于赵敏为何一转身就成为敏捷大师的事情,详见《敏捷无敌》。)

第二天,向落落早早来到每日站会的地方,在地上画了3个圈。内圈是"天仙传奇游戏"项目研发团队的8个天仙阁弟子及张衍,中圈是向宫筱及陆源等几位天仙阁长老,最外圈才是围观的其他天仙阁弟子。待人员站定,向落落又当众宣布了两条规矩。

1.只有站在内圈的项目研发团队成员才能讲话。
2.非项目研发团队成员只能站在内圈以外。可以围观,但不能窃窃私语或交头接耳,如有违反,罚去东门站街乞讨10日。

作为向宫筱的掌上明珠,向落落自幼受到掌门的熏陶。在她长到18岁之后,每当向宫筱闭关修炼,她都会代替其管理观内事务,自然而然地积累了一定的威严。众人见向落落动了真格,一时噤若寒蝉,现场安静得连一根针落地的声音都能听见。

见众人安静后,向落落示意张衍可以让团队成员开始讲话。按照规矩,每人开始轮流回答3个问题。因为内圈里没有向宫筱,团队成员们放松了些许,至少不用追着向宫筱讲了。尽管如此,他们还是有意无意地寻找向宫筱,头朝着向宫筱的方向讲。此时处于中圈的向宫筱双手抱胸,仰望天空,虽然一脸不情愿,但还是侧着耳朵仔细听。听到关键处,他正准备像往常一样出言打断,却被向落落一把揪住了耳朵,痛得他龇牙咧嘴。虽然向宫筱没能说出话,但正在分享的那位弟子还是受到了干扰,一时忘记该说什么。看到向宫筱都被向落落如此压制,在场的其他弟子心神一凛,更是一动不敢动。直到每日站会开完,走出十几米开外,他们才敢小声讨论。

张衍见每日站会的效果明显好了很多,除了好好感谢向落落以外,他也偷偷地写下漂流瓶秘籍,发布于敏捷江湖。

每日站会秘籍一

严格执行每日站会规则,只有"敏捷团队成员"才能讲话,"非敏捷团队成员"可以围观,但不能讲话,避免对"敏捷团队成员"造成干扰。

到了第三天,向落落意识到向宫筱在场,众弟子的压力还是太大,于是早起做了一只叫花鸡,把向宫筱骗到另外一座小山上。两人一边吃鸡,一边远远地观察众弟子开会。向宫筱虽然担心团队,但是叫花鸡实在诱人,开始一边吃,一边抱怨如果自己如此脱离弟子,不接地气,就会对项目失去掌控,一旦项目做砸,会损失自己好不容易通过讨饭才攒起来的棺材本。毕竟,他不像天泽观那般财大气粗。

向落落告诉向宫筱,作为领导,最重要的是确定大方向,规划好战略,不要过度关注细枝末节。过多地进入微观管理,会让团队感觉束手束脚。此时,团队成员不仅没有发挥的余地,不敢创新,而且缺乏自主可控的动力。当前已经进入移动互联网时代,之前的那套命令与控制的管理思路已经落伍,需要与时俱进,应该授权和赋能团队。这样,领导才能余出更多的时间吃叫花鸡,潜心研究武功,在华山论剑的时候技压群雄。向宫筱觉得这番话很有道理,承诺以后再也不去干扰团队,偶尔过去听听、看看,除非团队特别要求，否则绝不轻易发言。

晚上，张衍问向落落为什么向宫筱没来每日站会，她到底把向宫筱骗去哪里了。向落落把前后缘由讲了一遍，张衍顿时脑瓜开窍，于是写下漂流瓶秘籍，发布于敏捷江湖。

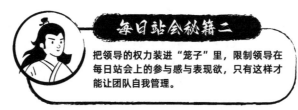

每日站会秘籍二

把领导的权力装进"笼子"里，限制领导在每日站会上的参与感与表现欲，只有这样才能让团队自我管理。

后续几日，由于向宫筱不在，团队成员越来越放松，同时也敢于暴露各种问题。毕竟，暴露问题与障碍时不会挨向宫筱的揍。张衍的真诚和乐于助人赢得了团队成员的信任，无论谁提出问题，他都会主动帮助解决。

此外，围观的门人不仅谨守规则，不敢逾矩，同时慢慢对围观失去了热情，毕竟每天都是家长里短的，好像天天来听，也没什么意思，偶尔过来看看，保持一下热度就行。这样，外围的压力减轻了许多。有感于此，张衍再次抛出一个漂流瓶。

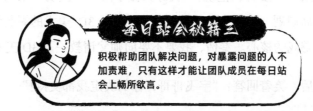

每日站会秘籍三

积极帮助团队解决问题，对暴露问题的人不加责难，只有这样才能让团队成员在每日站会上畅所欲言。

经过几日开发，"天仙传奇游戏"项目发布了第一款最小可行产品（Minimum Viable Product，MVP）。天仙阁的弟子可以试玩。虽然该产品存在大量 Bug，但是这么快就能见到有形的产品，向宫筱大喜，带着陆源几位长老，以及向落落、张衍，偷偷溜进城，大餐了一顿。话说回来，向宫筱虽然不是一位能做好敏捷的领导，但团建还是很有一套的，毕竟对他而言，这次能放下自我，安心做好普通观众也真的不容易。

第 4 章　秦掌门：如何解决每日站会不专注问题

作者：黄隽

随着侠客们参加每日站会的热情被激发，秦掌门的心情大好，每日吹奏新谱的"每日站会交响曲"。然而，好景不长，"天泽真经游戏"项目研发团队又让秦掌门不省心了……

这天，侠客们准时举行每日站会。按照惯例大师兄担任主持人。让大家感到高兴的是，秦倩和郭宇飞也加入了这个项目的研发团队。

郭宇飞第一个发言，他说："我昨天做了第一层武功效果的开发工作。随着'天泽岛规划'中信息化战略的大力推进，3D 美术的崛起势不可挡，它是每一款游戏的核心。秦倩，我要不要向师父请教一下 3D 美术？"

秦倩听后，笑着回答："宇飞哥哥，你的决定我都支持！"

随后二人分享了接下来的假日旅游安排。众侠客听后眼前一亮，心想自己也可以考虑这样安排假日。

……

一阵轻柔的带着淡淡清香的微风拂过，天泽岛的桃花开了。这香气弥漫在观中，让侠客们不由自主地向观外望。含苞待放的桃花漫山遍野，煞是好看。见此情景，侠客们哪里还有心思考虑每日站会的事情。他们陶醉在这美景之中。秦掌门见状很生气，这哪是每日站会，大家注意力完全不集中，跑题严重，他对此很是不满。

秦掌门会后闭关修炼，两日后悟出了每日站会的主要问题及解决方案。

问题一：每日站会时大家注意力不集中，容易被外界的环境所干扰。

问题二：每日站会时跑题严重，秦倩和郭宇飞那小子就是跑题的典范。

秦掌门亲自组织了一场头脑风暴，并且事先宣读了头脑风暴的规则，最后和团队一起炼出解决每日站会精力不集中的"灵丹妙药"。

药丸一：聚焦3个问题。每日站会期间，团队成员就说典型的3个问题（昨天……今天……障碍是……），其他事情不说。只讨论已完工和即将开始的工作，或者在这些工作中碰到的问题和障碍。目的不是向领导汇报工作，而是团队成员之间相互交流，以共同了解项目情况和解决问题。

药丸二：眼神支持。当一个人站在前面发言时，其他团队成员都要直视发言人，并进行眼神交流。不能让发言人抓到你在看别处。这不仅能帮助发言人简化发言内容，还可以加强团队成员对发言人所讲内容的理解。这样可以帮助团队加速完善每日计划。

药丸三：跟进冲刺列表。团队成员在发言时可以利用冲刺列表检视当前工作项的完成状态。冲刺列表记录了团队成员的相关工作进展，需要每天更新并跟踪。发言人在介绍那"3个问题"时可以向团队成员展示冲刺列表。这样团队中的每个人都可以知道正在进行及已经完成的工作。团队成员关注事情的完成情况，一旦发现一直处于进行中的任务，就将其当作当前的焦点，以便尽快解决。当然，也可以利用其他工具来保持大家的专注力，例如白板等。

药丸四：点名发言。前一个人说完后可以紧接着点名和自己关系密切的团队成员来发言。这样任务之间有关联的成员可以保持信息的连贯性，也可以暗示接下来可能和发言人相关的人就要发言了，由于无法完全确定下一个发言人，因此团队成员会更加关注发言人的发言。

药丸五：Ask and Answer（问与答）。在每日站会临近结束时可以引入一个轻松的小游戏，以提升团队成员的心情并增强他们的专注力。游戏规则简单明了：通过随机抽取若干扑克牌，抽到黑桃 A 的成员需要复述抽到红桃 A 的成员所提出的问题或分享的内容。这个游戏不仅增加了站会的趣味性，还巧妙地提醒成员们保持专注，因为他们可能需要在稍后复述他人的观点。这种机制在初期往往能有效解决团队成员注意力不集中的问题。

最后，秦掌门强调，并不是开每日站会时团队要吃掉所有的药丸。这 5 颗药丸只是提供了一些参考实践和关键点。这些方法来自大量的实践，并成功帮助许多团队解决了在开每日站会上注意力不集中的问题。所以，大家在每日站会中遇到类似问题时，先考虑这 5 颗药丸，然后服下适合自己团队的。没有绝对的对与错，只有适合和不适合。药丸是治病的，吃多了也有副作用，会成为团队的负担。所以，团队一起选择适合的药丸才是正确的做法。

第 5 章　秦倩：必要信息须留痕与跟进

作者：黄隽

一天，侠客们正在开每日站会。郭宇飞说道："昨天开发完'天泽绝'的升级功能，今天计划完成功能测试以及内功心法的第二章的编写工作。这里有个依赖，需要倩儿帮忙评审内功心法的第一章，以便我确定编写思路。"

秦倩回答道："没问题，站会后我瞧瞧。"

侠客们受益于秦掌门的"药丸"，解决参会不专注问题后，掌握了 15 分钟时间盒约束。每日站会就这样非常高效地进行着。

受到郭宇飞的个人魅力及其超强的韧劲和执行力的感染，团队成员逐渐认可了他。同时郭宇飞开始担任主要开发人员。郭宇飞的成长离不开秦倩的引导。不止郭宇飞一人受到秦倩的影响，团队的很多成员发现自己的能力进步与秦倩的引导脱不开关系。大家被她那美丽的外表、敏锐的洞察力、排除障碍的能力、耐心周到的服务精神，特别是烧得一手好菜所折服。具备引导力的秦倩慢慢成为团队的核心人物，代替了原本就暂时代理 Scrum Master 的大师兄，开始承担 Scrum Master 的角色。

游戏开发进度很顺利，仅仅用了一个春季就完成了 70%的功能特性的开发工作，看上去一切顺利。

一天，秦掌门过来了解产品开发的进展情况，并向团队强调了一些重要策略：市场和客户对产品的需求是随着时间的推移而演进和变化的，所以，团队要更加关注市场和客户的价值,并以此来驱动产品开发。

作为 Scrum Master,秦倩当然了解父亲的意思,于是在团队的每日站会上传达这一意思。细心的秦倩进一步解释说:"我们可以通过设计实验来快速检验产品或方向的可行性。如果假设得到验证,我们再投入资源进行大规模市场推广;如果假设没有通过验证,那么这将是一次低成本的快速试错,应尽快调整方向。"团队表示赞同,还给这种做法起了个好听的名字——"MVP"。

时间飞快,转眼间夏季已到来。这是"天泽真经游戏"项目研发团队期待的夏季,按计划他们将发布游戏的第一版。

然而,兴奋与激动伴随着打击。一周过去,玩家注册数量仅仅为1010。这与预测的百万级注册人数相去甚远。"1010"这个数字挺有趣,不愧是搞IT的,非1即0。随后,在股东大会上秦掌门碰了一鼻子灰。对于股东们的疑问,秦掌门表示理解,并承诺在秋季发布时带来惊喜。

"爹,我亲自烧了几道您最爱吃的小菜,烫了一壶好酒。"秦倩拉着秦掌门说道。就这样,在桃花树下爷俩放松下来,畅谈创业的不易、互联网时代的残酷。秦掌门早已经意识到自己正处于 VUCA(volatility, uncertainty, complexity, ambiguity)时代——市场环境的易变性、不确定性、复杂性和模糊性带来了前所未有的挑战。如果不能适应市场的快速变化就很容易被淘汰。尽管秦倩在每日站会上多次提醒团队,但他们并没有把秦掌门的洞察转变为实际行动。

回顾近期的每日站会,秦倩不止一次说过 MVP,但是团队没有跟进,更没有执行。类似被遗忘的"MVP"问题有很多,团队成员只是在每日站会上提出问题,随后将其抛诸脑后,各做各的任务。如何解决团队的这一问题?团队成员试图找出问题所在,寻求解决方案,并达成共识:每日站会需要"留痕",提出的问题需要跟进直至闭环。

> **秦掌门与秦倩的共识一**
>
> 在每日站会上需要识别问题和障碍，此时是检视和调整计划的机会，必要的信息要留痕，随后跟进问题直至闭环。

随后，作为 Scrum Master 的秦倩将这一共识传达给团队。然而团队在执行的过程中又出现了新的问题。这真是一个不让秦掌门省心的团队。

秦掌门观察到，团队成员在记录问题时花费了大量的时间，使记录变得烦琐。这些记录包含会议名称、时间、参会人员、每个人说过什么、会议总结及美化工作等。这些信息大多是冗余的，好像有意义，其实价值并不高，会后也不易引起重视。为了解决这一问题，秦掌门与秦倩特别制作了一张图 5-1 所示的表单，用于记录必要的信息，避免资源浪费。他们还建议实行会议主持人轮值制度，由主持人负责记录。

NO.	N/D/A	必要信息	责任人	截止日期
1	N	明天俞邦风来桃花岛玩，大家注意热情接待。		
2	D	所有游戏界面的主色调为梦幻紫色。		
3	A	重点修复编号为0012的Bug。	大师兄	2022/5/25
N: Note D: Decision A: Action				

图 5-1　会议记录表单

> **秦掌门与秦倩的共识二**
>
> 主持人轮值并合理利用模板记录必要的信息，避免资源浪费。

关于记录过于复杂的问题，在召开回顾会议时秦倩引导团队再次思考。她引用了《敏捷宣言》中的原则"工作的软件高于详尽的文档"。在敏捷开发中，团队应该专注于生产出可工作的产品。在敏捷项目中，衡量是否真正实现产品需求的唯一标准是生产出与需求相对应的产品功能。

所有的项目都需要一些文档。在敏捷项目中，只有以最直接、不拘泥于形式的方式并"刚好"满足可工作产品的设计、交付和部署时，文档才是有用的。敏捷方法鼓励团队将更多的时间投在开发而不是编写文档上，从而更有效地交付可工作的产品。

第6章　秦天：轻形式，重效果

作者：黄隽

"天泽真经游戏"项目研发团队遵循秦掌门与秦倩的共识，采用 MVP 方法不断进行市场验证。基于快速得到市场验证的做法，团队大幅度增强了持续集成、持续交付、持续部署和持续发布的工程能力，同时实践了"金丝雀发布"和"灰度发布"等策略。

这种快速得到市场和用户反馈的方式为研发团队提供了更多的机会来调整和改进游戏。在秋季全面发布时，研发团队取得了一周内注册用户数突破百万的好成绩。在随后的股东大会上，秦掌门面子十足，赢得了股东们的感谢和满意，他们对未来市场充满了信心，并决定扩大市场和团队规模。

新团队的招募工作很顺利。加上原有的 9 人，目前团队达到 18 人，人数整整多了一倍。新团队作为一个单独的团队，专门负责游戏人物的技能开发。由秦天担任新团队的 Scrum Master 和团队负责人。

"大师父，秦倩说了，我们的团队需要开每日站会。"郭宇飞向秦天提出建议。

秦天回道："你这傻小子，什么都听那丫头的。也罢，为师也不能让你难堪，那就开吧！"

秦天，绰号飞天猎鹰，是郭宇飞的师父，也是"天泽岛怪人"之首，武林中的佼佼者，绝技是天泽降魔棍法和天泽流星暗器。新团队的成员对秦天十分敬畏。

"开每日站会了。"秦天像往常一样大声喊道。绝大多数的每日站会由秦天发起，而不是团队自主开展，这就很容易导致每日站会变成向领导汇报工作的会议。而团队的领导就是秦天。他非常喜欢团队成员汇报的这种形式。大家汇报进度的时候很积极，但实际效果并不理想，只是让人感觉团队成员积极的样子罢了。

在每日站会上，团队成员各抒己见，并不关心其他人在说什么。每日站会仅仅是一种形式化的仪式，完全达不到每日站会的效果。团队成员逐渐感觉到举行每日站会纯粹是在浪费时间。

秦倩发现了此现象，但她并没有直接把问题反馈给秦掌门，更没有直接找秦天，而是找到了秦天的徒弟郭宇飞。郭宇飞一向听话，执行力强，再加上与大师父深厚的师徒情，很快便在团队内部组织了一次学习。郭宇飞带着老团队开每日站会，而秦天带着新团队认真观摩学习。秦天也许听不进去别人说的话，但是对于自己的爱徒郭宇飞的示范，他还是非常满意的，要求自己的团队效仿，并当场请郭宇飞针对每日站会的内容进行有针对性的培训。郭宇飞立刻便答应了。

在培训会上，郭宇飞建议团队的每日站会常见的做法是 Scrum Master 负责确保会议顺畅，每个团队成员先从回答 3 个问题开始，以便让其他团队成员了解相关情况。这 3 个问题如下。

- 自上次每日站会以来，我完成了什么？
- 在下次每日站会之前，我计划做什么？
- 有什么障碍阻碍了我的进展？

通过回答这 3 个问题，团队成员可以了解全局情况，知道发生了什么，实现冲刺目标的进展如何，是否需要调整当天的工作，有什么需要处理的问题。

郭宇飞最后强调了每日站会的必要性：它并不是一种形式主义，而是能够帮助团队在冲刺内实现快速、灵活的工作流。

"就这件事而言，我这个傻女婿处理得很漂亮。"秦掌门对秦倩说。同时嘱咐秦倩：根据实际情况，针对每日站会的组织，可以不用拘泥于"3个问题"的方式，比较成熟的团队往往三言两语就能沟通清楚，达到每日站会的效果。也就是说，形式并不重要，要注重效果，按正确的方式开每日站会可以达到图6-1所示的效果。

图6-1 每日站会的效果

- 共济压力。健康的敏捷团队都会共济压力。所有的团队成员都要承诺一起完成冲刺的工作。这就使得团队成员之间相互依赖并对彼此负责。如果某个团队成员连续几天都做相同的事情，并且没有进展，显然他缺乏前进的动力，而其他团队成员不能视而不见。因为他未完成的工作会变成其他团队成员的障碍。

- 细粒度协作。在每日站会中，团队成员的交流应该快速而且有重点。例如，当一个团队成员说完今天计划做什么后，其他团队成员可能会说："哦，原来你今天计划做这个啊，这就意味着我要调整我的工作优先级，没关系，你按照你的计划做吧，我可以调整。很高兴你说了这些。"这种细粒度协作使得团队成员知道他们之间如何及何时仰仗对方。敏捷团队应该追求高效、零等待，避免等待浪费。

- 每日承诺。在每日站会中，团队成员需要对团队做出承诺，明确自己当天的工作目标。这样团队成员可以知道敏捷交付什么成果并保持对彼此的责任感。

- 聚集少数任务。在每日站会中，团队成员都可以知道哪些工作正在进行，哪些工作已经完成。健康的团队应该关注事情的完成情况，也就是说，任务不能一直处在进行中。在每日站会中，团队需要确认哪几个任务是当前的焦点，以便尽快做完。换句话说，做完10件事远比正在做100件事更有意义。

- 提出障碍。敏捷团队提倡在任何时间都可以提出障碍，而每日站会提供了一个理想的时机。团队成员可以停下来认真思考"有什么事情阻碍了我或让我的工作放缓了"，以便团队共同寻求解决方案。

秦倩说道："爹，我记下了，我会转告郭宇飞的。相信郭宇飞和他的大师父会搞定每日站会的，您放心吧。"

秦天的团队在郭宇飞的正确示范、秦倩的巧妙协调、郭宇飞的认真培训、秦掌门的支持与心法传授之下，在每日站会中做到了轻形式重效果。

每日站会秘籍四

每日站会应轻形式，重共济压力、细粒度协作、每日承诺、聚集少数任务和提出障碍等效果，进而完成冲刺目标。

第7章 萧楚：专注、极致、口碑、快

作者：王立杰

江湖盛传，在下一次敏捷武林大会上，不仅要比试武功，还要对各家开发的"游侠产品"进行评分，以产品质量作为评判标准。可谓一石激起千层浪，武林各派都开始大张旗鼓地折腾起来。恰巧此时白云轩门主萧楚闭关，丘仁和没办法只好与师叔俞邦风商量，毕竟目前白云轩辈分最高的就是俞邦风了。一听说要做游戏，俞邦风立刻翻了3个跟头，高兴得手舞足蹈，马上召集"白云七子"一起来做产品规划。

虽说现在项目研发团队有8个人，但其中真正起主导作用的还是丘仁和。毕竟这么多年来，他游历四方，见多识广，头脑清晰，具备很好的商业思维。师叔俞邦风插科打诨还行，偶尔能蹦出几个不靠谱的点子，但是对于整体规划一点概念都没有。经过三天三夜的讨论，他们最终敲定了一个"剑侠情缘"主题，其中包含一明一暗两条线：明线是一个初入江湖的苦难弟子不断打怪升级，最终走上武林巅峰；暗线则围绕着一男两女的情感冲突展开。待把所有要做的事情列完，整个白云轩几乎贴满了各种纸条。

万事准备妥当，每日站会开起。游戏开发项目研发团队热火朝天地干了起来。

一个月后，虽说经过了两次迭代，可是团队却连一个能够集成在一起的可运行版本都没有。研发团队无法完成每个迭代计划的内容，原因有两方面：

一方面是团队技能不足；另一方面是俞邦风每天都会提出新想法，这些想法跟最初计划要做的事情不符。偏偏他又是师叔，一开始团队成员抹不开面子，不得不听他的。后来丘仁和觉得这样不行，暗中跟其他六子通气，开始阳奉阴违，不再听俞邦风的"奇思妙想"。没过两天，俞邦风就发现了白云七子的小伎俩，但是他假装没有发现，晚上却偷偷把每个人计算机上的相关代码都改了。

第二天，丘仁和发现自己的代码被改了很多。正当他困惑时，二师弟马宝钰匆匆跑过来说自己的代码被人修改了。二人顿时想到了不着调的师叔，变得哭笑不得。其他师兄弟来开每日站会时，看到彼此的神情，就都知道发生了什么事情。俞邦风刚开始还遮遮掩掩，后来干脆说团队成员讨论的方向不对，害得他晚上统一改代码，都没睡好觉。

可以预见，这次迭代最终又失败了。团队总是偏离最初的计划，该做的没有做，不该做的，因为是临时加入的，缺乏审慎思考，最终也没做出来。总之，游戏的研发进展一塌糊涂，众人束手无策。

这日，众人正在拼命地敲代码，突然听到后山一声巨响。此时众人精神一振，知道是门主出关了。众人赶紧围拢过去，端茶送水，忙活了大半天。门主萧楚看起来精神矍铄，想来通过这次闭关武功一定有所精进。萧楚询问了敏捷武林大会的事情，俞邦风嬉笑地告诉他，这次敏捷武林大会不再比拼武功，而是比拼"游戏"，他这次白闭关了。萧楚听后并不懊恼，而是询问丘仁和"剑侠情缘"项目的开发进展。丘仁和不敢隐瞒，带着师父浏览了一遍满墙的规划，并重点讲了每次迭代的问题。看完后萧楚一脸严肃。

第二天，当众人准备开每日站会时，萧楚施展弹指神功，刷刷刷，一阵龙飞凤舞，把当前迭代的目标及起止日期写在了众人旁边的柱子上。当有人提到与目标不相关的任务时，萧楚会立即制止，要求团队成员必须专注之前定好的与目标相关的事情。俞邦风看着师兄严肃的神情，几次想开口，但最终未敢造次。

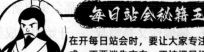

每日站会秘籍五

在开每日站会时,要让大家专注于迭代目标的达成,不要迷失方向。不妨把目标及起止日期写在团队能看到的地方,以便时时提醒。当然,每日站会的主持人要起到及时拨乱反正的作用。

晚上,萧楚秘密地传授了众人一套密钥,以防止其他人擅自改动代码。果不其然,夜里俞邦风再次试图修改丘仁和的代码,但是他不知道密钥,只能作罢。俞邦风知道这是萧楚搞的鬼,只能骂师兄偏心。正当俞邦风骂到开心处,突然听到萧楚的咳嗽声,他赶紧收住,开始左右手互搏,假装自己正在练功。

萧楚知道自己这个师弟的秉性,即使师父在世时也管不了他,因此未跟他计较,只扔下一张纸,便翩然而去。

俞邦风伸手接住这张纸,只见上面写着"专注、极致、口碑、快"7个字,并画了几个箭头,如图7-1所示。

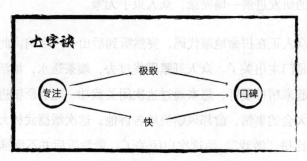

图7-1 "专注、极致、口碑、快"七字诀

俞邦风一夜未眠,百思不得其解。第二天一早,俞邦风只好去找师兄,请教这"七字诀"的含义。萧楚深感宽慰,认为师弟虽然生性顽劣,但对于新生事物依然充满好奇,愿意深究。于是,他召集了白云七子,详细讲解了一番。

"我这次闭关,并非跟之前一样参悟武功心法。在你们开始规划'剑侠情缘'游戏项目之前，我已经得到消息，知晓敏捷武林大会不仅要比拼武功，更可能会进行一次游戏产品的比拼。其实从天泽观偷偷开发游戏那天起，我就已经料到了这个可能性。于是我这些日子仔细梳理出了这七字诀。"

"所谓'专注'，是指你们做任何事情、规划任何产品时，要有'少即是多'的理念，不要胡子眉毛一把抓，什么都想要，什么都想做。例如，就这次的'剑侠情缘'游戏项目而言，首先要去除多余的装饰，强调功能性，先让用户能玩起来。那些寻宝、挖矿等功能，完全可以等以后再说，没必要现在就开始开发。正所谓大道至简，专注才有力量，才能做到极致，才更容易传播。这就是 MVP 的理念。通过 MVP 获取用户的反馈，小心求证，在创新点不成熟前，把试错的影响局限在最小范围内。今天，我们就需要对'剑侠情缘'项目的 MVP 进行重新梳理，尽快推出产品。"

"那'极致'的寓意又是什么？"俞邦风迫不及待地问。

萧楚喝了一口茶水，继续说道："极致呢，就是针对专注的产品功能精益求精，抓住细节，让用户感知到我们对产品的爱、对用户的爱，让用户爱用、爱玩。体验过程应该简单直接，不需要太多的学习过程。体验一定要好，开发超出用户预期的功能。记住，即使是 MVP，也不代表可以容忍低质量。"

俞邦风立刻鼓起掌来，并说："这点我非常赞同，要打造让用户尖叫的产品。想要用户尖叫，意味着必须把产品做到极致，超出他们的想象。小丘啊，你们的代码写得太烂了，要不是我给你们修改，根本跑不起来。这样怎么能让用户尖叫呢？"

丘仁和张了张嘴，本想说要不是你天天偷着改我们的代码，也不至于这么混乱，但是看了看周围的师兄弟，最终还是把话咽了回去。

萧楚也没有接这个茬，知道自己这不靠谱的师弟说的话多半不用细究，于是继续讲道："所谓'快'，是指在保持专注和追求极致的同时，时间必须短。用户对产品的忠诚度与产品的更新频率是强相关的。如果想做到快,就必须掌握敏捷开发,以最低的成本、最快的速度研发产品,缩短用户反馈周期。就这次敏捷武林大会而言,其实也是通过对比游戏产品来考察各派的敏捷力。邦风啊,听说在我闭关时,你跟江湖上的一些敏捷大师接触过,不妨邀请他们作为咱们的客卿,为我们助力。你意下如何?"

"没问题,师兄,这事包在我身上。"俞邦风满口答应。

"好!那我们接着讲下'口碑'。"萧楚停顿了一下,环顾四周,慢慢说道:"咱们江湖人士提倡义字当先,讲究的是诚信,日久天长,自然就会在江湖上形成好的名声。无论好事坏事,一传十,十传百,这股力量还是非常大的。遥想当年,开山祖师能够让我白云轩在江湖上有口皆碑,靠的就是仁义二字。今天咱们开发这款'剑侠情缘'游戏,更得注重口碑,这是咱们赖以成功的关键。"

"俗话说,谋定而后动,虽然这次你们已经行动,但我们依然需要重新规划,梳理出 MVP 以及后面的发布计划,狠抓质量与体验,把口碑做起来!"

在七字诀的指导下,项目研发团队专注开发,很快交付了第一个 MVP 版本。白云轩的弟子试玩后,反馈普遍良好。不过很多弟子因为沉迷游戏,武功日渐荒废,这有些让萧楚感到头疼,他准备在敏捷武林大会之后再解决这个问题。

第8章　周山风：任务板让每日站会更加透明

作者：王艳

敏捷武林大会还有两个月就要召开了，各大门派都在抓紧修炼。天泽观的"天泽真经游戏"项目也进入了关键的冲刺阶段。

随着"天泽真经游戏"项目功能的逐步完善，曲灵迫不及待地想体验（测试）下这款游戏，但是谁承想刚玩了几次便发现了 88 个 Bug，他赶紧向山风师兄反馈。周山风看到这么多 Bug 后也慌了，心想这可怎么向掌门交代，随即他说道："这样可不行，我们一定要尽快解决这些 Bug，绝不能耽误了敏捷武林大会，丢了师门的颜面。"

第二天，天泽岛大佛岩下，每日站会照常开。

曲灵第一个说："大家还真是写 Bug 高手，我们现在虽然开发完成了功能，但没办法交付产品。昨天，我发现了 88 个 Bug，大家的效率太低了。"

冯默默也是一脸愁云，附和道："是啊，这么多 Bug 什么时候能修复完呀！我看其中 Bug 最多的是玄炎师兄开发的功能。"

玄炎不以为然地回应："有 Bug 很正常。你们谁敢保证自己写的代码没有 Bug？不然咱们比试比试？"

冯默默反驳道："有几个是正常的，但 88 个中有 58 个与你们夫妇相关，这未免也太多了吧！"

玄炎冷哼一声，心想幸好周曦曦今天休息，否则她的九阴白骨爪肯定就上来了。

周山风见气氛紧张，连忙缓和道："敏捷武林大会马上要召开了，我们必须尽快修复这些 Bug。"

曲灵提醒道："山风师兄，可是我们还要完成本次迭代计划的事情啊。"

周山风回答："我们优先开每日站会，Bug 的问题会后再想办法解决。"

每日站会结束后，大家又各忙各的事情了。

前段时间秦倩跟随赵敏学习，并体验了她的团队正在使用的项目管理工具，同时掌握了很多 Scrum Master 的专业技能。

周山风忙了一天，到了晚上，他忽然想起来早上提到的修复 Bug 的事，内心焦躁，表情凝重地在岛上走来走去，心想："怎么会出现这么多 Bug 呢？是哪里出现问题了？"正在练剑的秦倩看到山风师兄的样子，好奇地问他是否遇到了难题，表示自己愿意出手相助。于是，周山风跟秦倩说了下大概情况。

秦倩说："我有一剂良药，可能适用于我们团队。"

周山风急切地问："是什么？快说说。"

秦倩回答："工欲善其事，必先利其器。"

周山风有些无奈："现在什么利器也不管用呀，我们是在开发游戏，不是舞刀弄枪。"

秦倩解释道："此器非彼器。我在赵敏师姐那里看到他们使用了一种特殊的工具。他们在墙上贴了很多卡片，每张卡片上记录着需求或 Bug 的信息及完成标准。不要小看这面墙哦。这墙很厉害的，是赵敏师姐精心设计的，横向包含待办、开发中、开发完成、测试中、测试完成、验收、发布等状态，纵向包含不同的人员。项目目前的进展情况一览无余。"

周山风眼中闪过一丝兴奋的光芒，赞叹道："哇，这个看起来很高级的样子，我们也照着试试。"

秦倩却轻轻摆手，提醒道："等等，别急，还有两个重要的点没说呢。"

周山风好奇地追问："还有什么？"

秦倩耐心地回答道："他们团队在开每日站会的时候会一并移动卡片的状态。每日站会结束后，本次迭代的进度与预期的偏差就可以从迭代燃尽图上看出来。"

周山风困惑地问："什么是燃尽图？"

秦倩解释道："迭代燃尽图可以用来追踪迭代中的剩余工作量，通常是以小时或人天作为计量单位。它基于迭代计划中的任务拆解情况，分析实际工作与理想工作之间的偏差，并据此针对性地采取行动。我给你看一张图，你就明白了。"

秦倩展示了一张图 8-1 所示的迭代燃尽图。周山风又问了两个疑问。

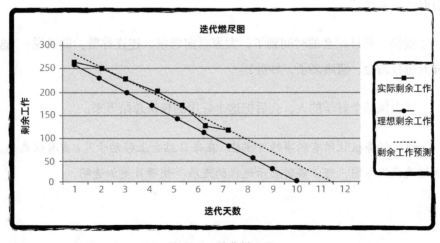

图 8-1　迭代燃尽图

"这么晚了,早点休息吧!明早咱们布置任务板!"秦倩拍了拍周山风的肩膀,温柔地说。

第二天早上,秦倩早早起来,与周山风一起来到天泽岛大佛岩下。她迅速地将昨晚说的那面墙画在岩壁上。随后,周山风把团队在途的事情一一写在卡片上,并放置在相应的位置,如图 8-2 所示。

	待办	开发中	开发完成	测试中	测试完成	验收	发布
紧急通道		Bug					
超风/玄风	Story1 Task Task	Task Task				Story3	
乘风/凌风/墨风	Story2 Task Task			Task Task	Task Task	Story4 Story5	
缺陷	Bug Bug			Bug	Bug		Bug

图 8-2 任务板

周山风问:"那 88 个 Bug 怎么办?"

秦倩回答:"分下优先级。必须修复的用红色的卡片记录,同时标记下重要紧急程度及负责人,以便跟踪。那些不急于修复的,可以先放放,回头有时间再安排。"

很快,每日站会的时间到了,大家看向岩壁,连连称赞。曲灵说:"这样开每日站会,清晰多了,妙呀!"

周山风是个好学的人,会后把这个好用的秘诀总结下来:

通过任务板让所有的事情可视化,在每日站会上移动卡片,更有仪式感。通过迭代燃尽图,可以实时展示迭代的进展,使项目更加透明。

第 9 章　张衍：最好的规模化是去规模化

作者：王立杰

"天仙传奇游戏"项目获得了初步成功，这一方面要归功于最初阁主向宫筱的整体架构设计，其场面宏大、玩法之丰富令人赞叹；另一方面是因为天仙阁弟子们的忠诚支持，他们不仅是玩家，更是游戏的推广者。天仙阁弟子结交广泛，擅长地推（面对面推广产品和服务的营销行为），即使移动互联网已经非常普及，可以采用信息流、视频流等手段获客，但他们依旧坚持用口碑推荐的方式吸引新玩家。毕竟，大家天天在路边看到天仙阁弟子一边传道，一边推荐"天仙传奇游戏"，耳濡目染，想不心动都难。他们在推广上具有天然优势。

为了迅速占领市场，一统江湖，天仙阁决定加快研发进度，开发出更多的玩法。"天仙传奇游戏"研发团队的规模因此急剧扩张，一下就扩充到 100 多人。这时，天仙阁的人才储备优势开始显现。

张衍将 100 多号人分成 10 个小团队，遵循的就是天仙阁传承多年的成功经验，即每个团队人数不能超过"两张大饼"的原则。（注：这个原则是指，当天仙阁弟子外出传道时，需要组成团队，互相帮衬，以取得更好的成果。每当组建一个新团队时，该团队的弟子需要去市面上买两张最大号的大饼。如果买回来的大饼不能让这个团队的成员吃饱，那说明人太多，需要减人，因为人一多，要么有人会摸鱼吃闲饭，要么会因如何合理分饼而争吵不休，导致吃冷饼问题。）

一旦划分好团队，选定带头人后，每个团队都能遵循张衍总结的宝贵经验自我运转，至少每日站会都开得像模像样。张衍一开始还去围观每日站会，几天后便觉得无趣，毕竟没自己什么事，大势已定，于是他每日约几位师兄弟，豪饮侃天下，乐得逍遥。

然而，好景不长。一日，张衍刚打开一坛"江湖情"，白长老却怒气冲冲地前来抱怨，说薛长老的团队很不配合，自己团队的任务依赖薛长老团队的成果，自己问薛长老进展，不仅没得到自己想要的信息，还被薛长老顶了回来，说不要干涉他们的团队，管好自己比什么都强。没办法，张衍只好把薛长老叫来，双方就项目进度及依赖事项进行对质后才算告一段落。

这一耽误，酒是没法喝了。张衍刚想出去散心，就被心急火燎赶来的宋长老拦了下来。这次倒不是因为薛长老，却是因为身为副阁主的元师叔。元师叔这次负责 2.0 版本的整体需求规划，在开发的过程中临时调整了 3 个团队的工作方向，其中就包括宋长老的团队，另外两个分别是吴长老和西门长老的团队。宋长老发现需求存在问题，跟吴长老和西门长老交流后发现大家理解的变动似乎都不一致。三人只好去找元师叔商讨，谁知道元师叔被元夫人拉去京城购物了，一时半会回不来。这 3 个团队因为方向不明确，只好暂停开发。张衍自从当了游戏的总负责人后，一贯赏罚分明，眼里容不得沙子，宋长老担心因进度落后而受罚，赶紧先跑过来找张衍通气。

一连几天，张衍都被类似的问题困扰。原本豪气冲天的张大侠也开始眉头紧锁。这样下去，他不仅不能跟师兄弟安心喝酒，更无暇管理天仙阁的其他事务，自己也可能成为团队的瓶颈。

向落落见此情景，计上心来，建议张衍："与其如此被动，被各种紧急事项缠身，不如主动出击，每日召开游戏团队的全员会议。如果有事就及时处理，省得麻烦。"

张衍觉得很有道理，第二天在每个团队开完每日站会后把所有人召集起来。黑压压的一片，很是壮观。张衍鼓励一番后让各位长老讲下各自团队的关键进展及遇到的问题。由于人数众多，闹哄哄地折腾了一个多小时，众人方才散去。

一连几天都是如此操作，虽说单独找张衍的人及次数少多了，但这么开大会，天仙阁的弟子还是产生了不少怨言，觉得这么陪会毫无价值可言，还不如省下时间回去写代码。长老们也觉得，每天都如此开会，有点吃不消，毕竟自己的团队运行得好好的，跟其他团队没有任何关系。即使是最初提出问题的白长老和宋长老，也认为每天如此开大会没必要。

这日晚间，在每月的"天仙阁经营状况分析会"（简称"经分会"）上，张衍跟核心管理层商讨天仙阁的日常经营状况后，重点提到这个全员每日站会的问题。大家普遍认为，有必要对每日站会进行调整，经过商议，决定每周一、周三、周五召开，无须全员参与，只需要由各个小团队派一名关键代表参加。这名代表并不一定是长老，可以是小团队的某一位，只要能代表团队就行。每次开会讨论的重点是跨团队协作相关的问题与进展，限定时长不超过一小时。

如此实行了一周，大家纷纷叫好，既解决了问题，又不会占用过多精力。张衍对此也甚是得意。向落落背着张衍在敏捷江湖中发布了多团队每日站会秘籍，毕竟张大侠可不在乎这些江湖名声。

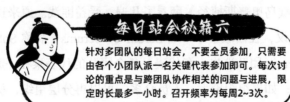

每日站会秘籍六

针对多团队的每日站会，不要全员参加，只需要由各个小团队派一名关键代表参加即可。每次讨论的重点是与跨团队协作相关的问题与进展，限定时长最多一小时。召开频率为每周2~3次。

又过了一周，长老们觉得对于要讨论沟通的内容应该有个话题模式，就像单个团队那样。于是，张衍让向落落根据大家的讨论，起草了一份指导性纲领。

每日站会秘籍七

建议跨团队同步会议参考如下日程进行。
1. 从上次会议到现在你们团队取得了哪些关键进展？
2. 到下次会议之前你们团队计划做哪些关键任务？
3. 你们团队有哪些困难需要其他团队或高层协助？
4. 你们有没有会影响到其他团队工作的关键决策？

这日，元师叔终于带着元夫人风尘仆仆地赶了回来。元夫人特意为张衍买了一顶帽子，准备亲手给张衍戴上，但被张衍一个狠厉的"眼神杀"唬住，未敢造次。元师叔旁观完这个新的跨团队会议后，单独留下来跟张衍聊了一会儿。

原来，元师叔这个副阁主还是很有职业危机与责任感的，对天仙阁真是忠心耿耿。他这次去京城，并没有天天陪着元夫人购物，而是拜访了几位江湖朋友，看看大家都是如何执行敏捷的。例如传说中的敏捷圣贤赵敏，毕竟江湖传闻人家最懂敏捷。他还去京城的敏捷三角地听了几位豪侠的奇思妙想，但他们的方法都太过激进，元师叔只当是听了个笑话，并未想去实施。后来他还拜访了早已退隐江湖的天仙阁浑空祖师。浑空祖师知他悟性低，说多了也不懂，只是托他将一本《戴乌奥普斯捷径》转交给张衍，毕竟这个徒孙最讨人喜欢，天然有亲切感。元师叔一路上也曾翻阅过这本书，但光是这书名就让他百思不得其解，内容更是不敢细读，唯恐走火入魔。张衍拿起，随意打开一页，顿时眼前一亮，示意元师叔可以去陪元夫人了。

张衍将《戴乌奥普斯捷径》翻看了几遍，受益匪浅。原来这种跨团队的会议叫 SoS 会议，在西域学术中叫 Scrum of Scrums（简称 SoS），如图 9-1 所示。每个 Scrum 团队选出一名代表，各个团队的代表聚在一起分享进度，解决协同依赖；如果组织庞大，人员众多，可以再分层组织，从代表中再选出代表后参加会议；这样无须全员开会，也没必要每天都开，毕竟不可能天天都有紧急事务。张衍兴奋得一夜未眠，没想到这次歪打正着，自己居然摸索对了。

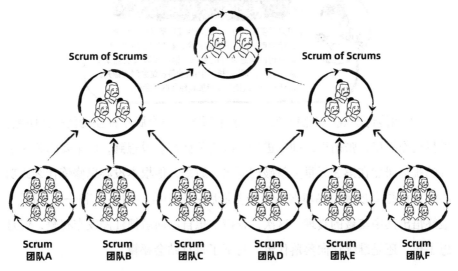

图 9-1 SoS 会议（改编自简书文章《一种大规模敏捷团队的组织方式》）

《戴乌奥普斯捷径》提到，除了可以分层组织以外，还可以按照职能进行划分。例如，元师叔重点管理需求，他可以单独组织围绕需求的 SoS 会议，召集每个团队中负责需求的人，通常是产品负责人（Product Owner，PO）或业务分析师（Business Analysis，BA），一起进行跨团队需求的同步与跟进。除了可以讨论当前正在做的需求以外，还可以讨论接下来要做的需求，提前进行需求梳理工作。至于张衍的 SoS 会议，仅需要关注团队交付即可。张衍看了后觉得很有道理，于是将这个思路讲述给元师叔，二人分头组织执行。

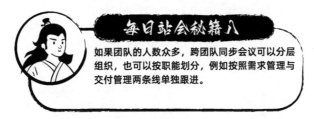

每日站会秘籍八

如果团队的人数众多，跨团队同步会议可以分层组织，也可以按职能划分，例如按照需求管理与交付管理两条线单独跟进。

数日后，元师叔也将自己从京城学到的"每日站会大使"这一优秀实践融入团队管理之中。心细的向落落悄悄记了下来，并放在张衍的案头。

每日站会秘籍九

可以派团队中的一个人作为观察员（称"大使"）去参加其他团队的每日站会，看有没有对自己的团队有用的信息或好的实践，这样可以增加团队交流。为此，可以把各个团队的每日站会时间错开，以让各个"大使"能参加其他团队的会议。

"天仙传奇游戏"很快又发行了多个版本，每个版本都让粉丝拍案叫绝。项目运作平稳，张衍得以抽空进行一次闭关修炼。没想到，原本要闭关3个月的张衍居然在第3天早上就破门而出。原来，他根本没心思修炼什么武功心法，而是专攻《戴乌奥普斯捷径》最后一页中唯一的一个字——"简"，最终悟出其中蕴藏的真理。这次，张衍本想自己向敏捷江湖发布秘籍，但是想了想，还是继续让向落落代笔，写下了每日站会秘籍。

每日站会秘籍十

最好的规模化是去规模化。将产品从架构上进行解耦，当每个团队具备单线程工作的能力，相互之间独立，不再依赖其他团队时，SoS模式也将死去。

迭代回顾篇

第10章　郭宇飞：打开回顾会议的三大秘籍

作者：巩敏杰

最近，郭宇飞总是心烦意乱。随着"天泽真经游戏"项目的开展，他越来越忙了。整个团队的激情不再，团队成员们开始显露出疲惫。而市场竞争又无比激烈。即便不懂音律的郭宇飞也能从每晚海边传来的"激流进行曲"中感受到紧迫和力量。

秦倩察觉到郭宇飞的忧虑，于是带他到海边散步。郭宇飞叹了口气，毫无保留地向她倾诉了自己的烦恼。

秦倩问道："看来团队进入了倦怠期，你们是否召开了回顾会议？"

郭宇飞回答："别提了，现在忙得不可开交，哪有时间召开回顾会议。以前倒也开过，效果有限。"

秦倩追问："以前是如何开的？"

郭宇飞回忆道："在迭代即将结束时，我带团队去静云洞中召开一小时的会议。每个人都说说这次迭代哪些做得好，哪些做得不好，最后总结行动。"

秦倩转过头,问道:"那后来怎么不开了?"

郭宇飞的目光投入远方的大海,说道:"后来发现,改来改去就那么几个问题,有些卡点我们也解决不了,甚至发言的也就那几个人。项目进度压得又紧。现在,回顾会议召开时间不到半小时,有时干脆直接取消。"

秦倩心中充满疑问,她轻声说:"项目越是复杂和紧张,就越要开回顾会议。如果缺少回顾会议,就会缺少学习与调整的机会。一些小问题可能会变成大问题,团队可能会重复犯同样的错误,例如质量下降、测试失败、任务延期等。更重要的是,团队容易迷失方向,士气低落……"

"回顾会议有这么重要?"郭宇飞心中暗想,随口问道,"这些道理我也懂,可是为什么团队有这么多问题,但是我们的回顾会议却无效呢?"

秦倩说:"下次开回顾会议时我来看看。"

晚上,郭宇飞回想起这段对话,虽然对回顾会议的效果仍心存疑虑,但他还是写下了回顾会议秘籍,并放在床头,打算验证后再发布于敏捷江湖。

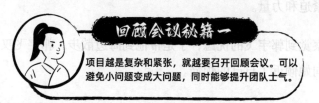

回顾会议秘籍一

项目越是复杂和紧张,就越要召开回顾会议。可以避免小问题变成大问题,同时能够提升团队士气。

3天后,秦倩如约参加了"天泽真经游戏"项目的回顾会议。会议早上九点半在静云洞召开。静云洞地方不大,能容纳十几个人,是个冬暖夏凉的地方。平时只有少数人来此议事或品茶,今日却座无虚席。此时,秦掌门坐在洞中间的椅子上,高声说道:"哎呀,你们这些年轻人真是没用,到了现在还要我老人家出马。"

秦掌门见郭宇飞和秦倩到来,急忙说道:"倩儿、飞儿,快快过来,现在问题一堆,有些事,我一小时就能完成,让这些人做就得两三天。"

"爹，不要着急，让我先做个小小的调研吧。"秦倩说道。只见她直接走到团队中间，对大家说："现在我们要做一个安全度投票。规则是这样的：一会儿我喊一二三，大家一起伸手指，总计 1 到 5 根手指。如果你觉得现在场域非常安全，心里有话想说，就伸 5 根手指；如果觉得不安全，什么也不敢说、不想说，就伸 1 根手指。根据你的真实感受，盘算一下要伸几根手指。大家听明白了吗？"

见大家点头后，秦倩开始数："一，二，三，……"这时，众人纷纷举起手指，其中大部分是 3 根、2 根，个别是 1 根和 4 根。秦掌门还在纳闷中，就见秦倩笑嘻嘻地转向了自己。

"爹，你看大家感觉场域不安全，不能放开，要不你带其他长老议一议江湖大事，先让团队内部进行回顾，等一两次迭代走上正轨后再邀请大家？"

秦掌门深知女儿秦倩智计百出，在敏捷方面的功力很扎实。他站起身，笑着说道："这边就交给你们了，回头告诉我结果，顺便给我带只叫花鸡。"

待秦掌门带众人走后，洞里只剩下团队成员。秦倩这才不慌不忙地从怀中拿出一个锦囊，交给郭宇飞，说道："宇飞哥哥，你把这个读给大家。"锦囊很精致，囊口用火漆密封，上盖赵敏的印章。众人都被锦囊吸引了目光。

郭宇飞打开锦囊，拿出纸条，上面赫然写着：回顾会议最高指导原则。

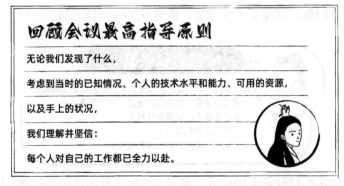

郭宇飞读完锦囊中的指导原则后，团队成员似懂非懂。秦倩解释道："回

顾会议不是追责会,敏捷的核心是信任团队中的每一个人,允许大家犯错。我们可以通过回顾进行检视与调整。"

于是,秦倩又引导大家创建属于团队自己的规则。随着讨论的深入,团队成员开始积极地提出修改建议,郭宇飞则在中间的大白板上记录了如下内容。

- 耐心聆听他人发言,不随意打断。
- 每个人发言时注意时间,不要长篇大论。
- 笔记本电脑、手机放一边,以保证专注。
- 积极分享个人观点。
- 尊重不同观点,尊重每个人。
- 讨论问题时对事不对人,避免相互指责。
- 不许迟到。
- 将会议时间调整到早上9点,确保15分钟内完成。

……

团队讨论的氛围越来越浓,团队成员的积极性被彻底激活。郭宇飞非常高兴,趁着间歇,揣摩了个中原委,悄悄发了一个漂流瓶。

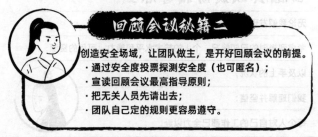

回顾会议秘籍二

创造安全场域,让团队做主,是开好回顾会议的前提。
· 通过安全度投票探测安全度(也可匿名);
· 宣读回顾会议最高指导原则;
· 把无关人员先请出去;
· 团队自己定的规则更容易遵守。

在秦倩帮忙打开安全场域后,郭宇飞再次引导团队进行回顾,明显感受到团队成员的态度的转变。大家积极分享了哪些做得好、哪些可以做得更好，以及未来的行动项。

不过，讨论过程中的一些细节还是被敏感的秦倩捕捉到。当谈到"工作安排太满，招不到人手"时，团队的能量明显下降。尽管大家都认同这是当前的核心卡点，但没人提出解决方案，表现出一种"我也管不了，都是别人的问题"的态度。经过仔细询问，大家觉得工作安排得太满，掌门压得太紧，而且现在竞争激烈，都在抢人。

秦倩想了想，再次走到团队中间，在白板上画了一个倒置的三角形——戏剧三角，并在 3 个角上分别写下指责者、受害者和拯救者。然后她又画了一个正置的三角形，并在 3 个角上分别写下挑战者、创造者和教练，如图 10-1 所示。

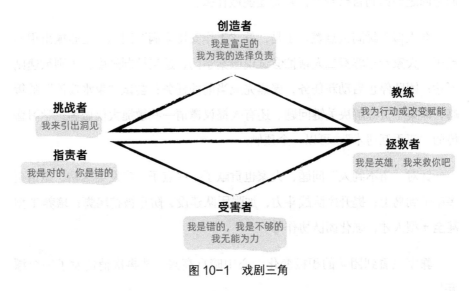

图 10-1 戏剧三角

画完后，秦倩说道："通常，人们会陷入戏剧三角的角色中。第一种是受害者角色，认为一切都是别人的错，自己无能为力；第二种是指责者角色，可能是某个指责别人的人，也可能是某个环境；第三种是拯救者角色，也称英雄角色，英雄能够解救受害者。每个人都在自己的角色中越陷越深，陷入一个怪圈。那么,我们如何才能摆脱这个三角关系,摆脱受害者心态呢?"

秦倩扫视一圈,看见大家认真听讲的样子,于是在倒置的三角形上补充了一个正置的三角形,继续说道:"如果我们能够转换角色呢?让受害者变成创造者,他们将对自己的问题负责,将遇到的问题视作挑战与机遇;让指责者变成挑战者,这种挑战或许会带来新的成长;让英雄变成教练,他们不是来帮助谁,而是相信每个人都是有能力的创造者。"

讲到这里,秦倩停顿下来,看着众人的反应。

郭宇飞原本觉得自己愚笨,没想到竟然先有所悟,说道:"你这样一说,我有两个体会。一是,因为有问题我们才更有价值,问题就是挑战。天泽观天不怕地不怕,这点困难不算什么。二是,'我'才是一切问题的源头,我们把问题回归到自己身上,看看还能做什么。"

众人似乎瞬间被点燃。于是,就"工作安排太满"问题,也碰撞出很多点子。大家希望郭秦二人帮忙尝试说服秦掌门,适当控制进度,否则欲速则不达;团队停止启动新任务,聚焦完成当前的任务;尝试"束水攻沙"的策略,即集中资源解决关键问题。还有人提议邀请一些敏捷大侠做客,学习盛传的"双手互搏术",可以一个顶俩。

针对"招不到人"问题,大家也贡献了一些点子:广发英雄帖,邀请更多弟子到岛上;提升团队战斗力,加强团队建设,防止被挖墙脚;培养T型甚至π型人才,强化团队协作等。

郭宇飞看到团队的积极变化,心中暗自高兴。他再次悄悄发了一个漂流瓶。

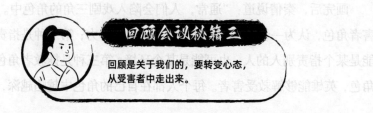

回顾会议秘籍三

回顾是关于我们的,要转变心态,从受害者中走出来。

在回顾会议最后，团队还总结出几项重要的改进措施，并都落实了负责人和完成的截止日期。看着大家开心释然的样子，郭宇飞也无比高兴，他拉着秦倩的手，感激地说："你这样聪明，一点都难不倒你。"

秦倩笑着回应："你也少贫嘴，我得给我爹做叫花鸡了。"

晚上，郭宇飞把床头的第一个漂流瓶发了出去，心中更加坚信：项目越是复杂和紧张，越要召开回顾会议，它能够让团队少走弯路。

第 11 章　郭宇飞：行动计划落实与度量推动团队持续改进

作者：巩敏杰

秦掌门观察到，团队在没有他参与的情况下召开回顾会议，效果比自己在要好，而且团队成员的状态有了很大转变。于是，他决定减少对团队的干预。团队每次召开回顾会议时都涉及很多改进项，而且每个改进项都很小，并不跟进所有改进项。看到这种情况，秦掌门又喊来了郭宇飞。

郭宇飞笑道："师父，最近看您比较忙，没有及时向您汇报。自从团队开始定期召开回顾会议后，我们便开始行动，每次都要落实一两个改进项。"

秦掌门疑惑地问："为什么不一次性解决所有问题呢？"

郭宇飞解释道："不用全部都改。一是，每次落实优先级高的一两个改进项，可以让团队持续进步，而且更容易跟进。在每次回顾会议之前，团队都要对上次的改进项进行回顾。二是，如果落实全部改进项，团队会感到压力，这将导致以后大家因惧怕无法完成而不敢再提改进项。三是，实际上，有些问题或改进只要写出来，被看见，就可能有人会去做。如果每个改进项都清晰定义，很容易削弱大家的积极性。"

秦掌门点头表示理解，又问："想不到你还有这么多理论。那么，改进项变小又是什么原因？"

郭宇飞答道："以前我们常犯的错是改进项目标太大，经常一件事每次迭代都说，实际上并不清楚做到什么程度了。现在，我们把大目标拆成小目标，这样每次迭代都能真正完成一两个。此外，每次迭代结束后，我们都会总结和跟进。这样团队的每个人都能看到进展，有进展感。"

"进展感？"秦掌门不解地问。

"进展感就是清楚地让团队成员知道我们走到哪里了。"郭宇飞神秘地说道，"人们总是自发地投身于那些能够体会到进展的活动。所以，进展感能更有效地调动大家的内驱力。"

秦掌门说："你这些法子都是从哪里学的？是倩儿告诉你的吧。单是这些道道，我是想不出来的。"

郭宇飞笑着说："您一猜就准。前几天，秦倩带我参加了一次其他团队的回顾会议，我是从那里学来的。"

翁婿二人又聊了其他的事，然后各回各家。

通过这次与秦掌门的讨论，郭宇飞转念一想，这或许也算作秘籍，于是把写有秘籍的漂流瓶发布于敏捷江湖。

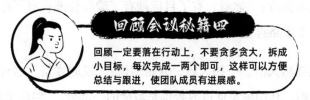

回顾会议秘籍四

回顾一定要落在行动上，不要贪多贪大，拆成小目标，每次完成一两个即可，这样可以方便总结与跟进，使团队成员有进展感。

秦掌门的问题还给郭宇飞带来一些其他的反思。他回顾了最近几次迭代的改进项，虽然团队一直在努力改进，但他总觉得缺少点什么。他回想起之前那种不知道从何改起的迷茫，难道就是因为开了这些会议？难道团队现在敏捷了？作为团队的敏捷教练，如果每天都拉着人改来改去，是不是也招人烦？带着这些疑问，他又找到了秦倩。

秦倩听了郭宇飞的疑问后，沉思了片刻，然后问道："你们每次迭代都设定迭代目标吗？"

郭宇飞答道："是的。大家不排斥设定迭代目标。团队中的每个人都了解迭代的核心任务，而且能够从中获得小小的成就感。"

秦倩又问："如果将这种思考模式应用到回顾会议上，你认为会有什么启示吗？"

郭宇飞答道："在回顾会议上我们要关注迭代目标的实现情况，以及我们创造的价值。"

"这是第一点，还有呢？"秦倩问。

郭宇飞答道："在回顾会议上，我们也可以确定接下来的改进目标，并召开针对性的主题会议。"

秦倩道："这算作第二点和第三点，确定改进目标可以带来进展，而召开主题会议可以增加改进的深度。除了这些以外，还有吗？"

"还有……"郭宇飞眨了眨眼睛，一时竟然想不起来。

秦倩笑着提醒："你看，有了目标就有了验收标准；有了标准就有了度量，沿着这个思路再想想。"

郭宇飞恍然大悟，一拍大腿，兴奋地说："说起度量，这可是江湖中比较热门的话题。利用度量促进改善也是敏捷的一部分。"然后又说道，"我也收集了很多度量指标，有度量流动效率的，如工作项交付平均前置时间；有度量交付能力的，如发布频率、迭代吞吐量；有度量质量的，如平均迭代缺陷率；有度量客户满意度，甚至用户价值的，如节约时间等。应该将这些反馈给团队，指导他们改进。"

秦倩神秘地拿出一个锦囊，说道："这是 ACT 回顾调查里的 3 个指数，分别是节奏指数、积极指数和纪律指数，可以用来探测团队的状态。这些指数很有趣，不过有些指数是平衡指数，并不是越高越好。例如，如果积极指数很高而纪律指数不高，则说明团队过于放松，可能会出现'躺平'现象；反之，如果纪律指数很高而积极指数不高，则可能意味着管理太严格，团队缺乏活力。"

郭宇飞拿着锦囊，看了几遍，若有所思。

秦倩接着补充道："作为团队的敏捷教练，不仅仅是召开几次会议，而是要躬身入局。对内，真正提升整个团队的能力，例如团队协作能力、工程能力及个人成长等；对外，真正关注价值落地，必要时，走到客户中间，看看是否真的及时交付了价值，是否存在更有价值的事情要做。总之，理论上，没有完美的团队，也没有改善的终点。"

秦倩的这些话给郭宇飞带来了很大触动，于是他又总结出秘籍，写完后塞到漂流瓶中，发布于敏捷江湖。

回顾会议秘籍五

会议要有重点，关注迭代目标和价值，使用度量来促进改善。

最近，尽管团队非常忙碌，但士气却异常高涨。因为他们刚刚达成了一个重要的里程碑。这次，郭宇飞邀请了秦掌门和众多长老，一起庆祝新版本的发布。为此，他还把会议时长改为两个小时，并让秦倩给秦掌门加了两个好菜。

会议仍在静云洞中召开，洞内外坐满了人，这与秦倩第一次来时相似。不过，这次大家的状态又与第一次有了明显的不同。每个人都很开心，氛围也很热闹，三三两两地讨论着，却不似之前充满压抑，只有秦掌门在讲话。

下午 3 点，会议准时开始。

郭宇飞站起身，示意大家安静，然后高声说道："各位同门，在大家共同的努力下，我们取得了骄人的成绩。这些成绩离不开每一位的努力，以及掌门和众位长老的支持。当然，最值得称赞的是，大家持续不断的改进精神。今天，借着这个机会，我们讨论一下如何让回顾会议更有效。"

郭宇飞顿了顿，继续说道："现在，洞的四周都贴有报事帖，每个人把能想到的办法写在报事帖上，每个方法一张。给大家 8 分钟时间，先不要讨论，尽可能多写。"

在确定大家听明白后，郭宇飞转身在白板上写下了"如何让回顾会议更有效"几个大字。

写完后，郭宇飞邀请大家逐一上前，将自己的报事帖贴在白板上。每个人贴一张报事帖并分享，然后换下一个人。第一轮结束后，再进行第二轮，直到没有新想法产生。

白板上贴有如下报事帖。

- 分享 KISS 方法（保持、提高、开始和停止）。

- 分享 ORID 方法（事实、感受、反思和决定）。

- 分享 STAR 原则（S 代表当时为什么要做这件事；T 代表做这件事的目标是什么；A 代表为此付出了什么行动；R 代表结果如何）。

- 分享 PDF（P 代表 Preview，指沙盘推演；D 代表 Do，指做的过程；F 代表复盘）。

- 分享 GRAI 复盘法（G 代表目标；R 代表结果；A 代表分析；I 代表洞见）。

- 欣赏式探寻 AI。

- 大部分复盘的背后都是 PDCA（计划、执行、检查、行动）的循环。

……

团队成员分享了许多技巧。有人提到快艇、气球、火车等隐喻，以及各种可视化方法，例如，用不同天气代表心情、电池电量代表精力、绘制情绪曲线等。还有人提及改善过程，例如，如何做会前准备、如何营造氛围、如何深入回顾、如何激发讨论、如何高效决策等。

一名团队成员感慨道："尊重每一个人，这条建议很好。例如，我不爱说话，有一次郭宇飞问我是否要发言，我在表达不想发言的意愿后，没有人强迫我，我充分感受到被尊重。"

另一名团队成员接着说："大家的意见还是要表达的。刚才写报事帖的方式叫静默式头脑风暴。这样不仅每个人都有机会表达，而且不容易受其他人的思路影响。"

一位长老说道："我前段时间在敏捷江湖上行走，发现了很多新秘籍，例如《敏捷回顾：团队从优秀到卓越之道》《项目回顾：团队审核手册》《改善敏捷回顾：提升团队效率》《游戏风暴》等，这些都可以拿来练习。"

另一位长老补充道："还有 retromat 网站、回顾 Wiki 等资源。有很多方法我们可以尝试。"

看着大家说得差不多了，郭宇飞让大家讨论可以落地的建议，并分发了任务帖，希望大家在后续迭代中能够落实相关建议。

时间过得飞快，会议已经举行了接近一个小时。郭宇飞总结道："看似小小的回顾会议，方法和讲究还真多。感谢大家的奉献，以及各位长老的指点，我们团队一定会越来越好。"

秦掌门原本想插话,但看到大家讨论热烈,便没有参与。现在,时间差不多了,秦掌门终于开口了:"之前你们要自己开回顾会议,我还以为以后都不能参加了呢。现在好了,又有吃有喝了。"

秦倩笑道:"那是因为之前团队的信任感还不够强,现在没问题了。上次我们还拟定了一个新规则:关上门,允许争吵;打开门,对外只有一个声音。"

谈笑间开始上饭菜。秦掌门的桌上多了几道好菜。他知道这是秦倩亲手所做,喜不自胜,于是又给大家讲起了江湖故事,整个洞里一派其乐融融的景象。

晚上,秦倩提醒郭宇飞,团队召开回顾会议不必拘泥于流程和工具。例如,可以尝试换个地点,去户外或茶馆;准备点零食,适当吃吃喝喝还能增进感情;偶尔穿插一次生活会、谈心会,拉近成员之间的关系,这一定程度上可以促进生产力的提高。

郭宇飞回想最近发出的秘籍,越发意识到回顾会议的重要性。真正躬身入局、真正创造价值、真正看见进展、真正通过度量促进改善、真正拉近团队关系。每一个点都不容易做到,但每一点都值得去做。

第12章 秦崇举：多种技能加持，回顾会议持续提效

作者：王英伟

随着"天泽真经游戏"项目的逐步推进，尽管项目整体进度按照产品路线图稳步前行，但是，在迭代过程中，团队仍然处于一种"大错不犯，小错不断"的状态，这个问题一直困扰着郭宇飞。

这日，郭宇飞来到天泽观的武功秘籍宝库——维基山庄，准备把近期的项目资产进行整理归档。当他经过百年前天泽观第六代掌门秦崇举开发的"大隋那些事儿"项目档案室时，发现一个文件柜的门开着。正当他准备上前把门关上时，一个档案盒引起了他的注意，上面写着"迭代回顾，你好、我好，交付价值才是真的好"。

郭宇飞缓缓打开文档，只见上面写道：在项目初期，《大隋那些事儿》产品在市场上步履维艰，团队成员之间也矛盾重重，危机四伏。为了使产品能够在市场上占有一席之地，秦崇举掌门在开发流程中引入了迭代回顾会议，以便在每次迭代结束时，进行客观的总结与回顾，逐步提升产品的竞争力和团队的凝聚力，向用户交付真正的价值，实现多方共赢，如图12-1所示。

秦崇举掌门在总结后与团队达成共识，明确了迭代回顾会议的目的：每隔一段时间，团队需要反思如何提升效率，并相应地调整自己的行为。唯有如此，团队方能步调一致，朝着共同的目标前进。

图 12-1 迭代回顾会议

天下武功，唯快不破。为了追求"快"的境界，每一门武林绝学都讲究内功、招式和兵器三者的结合。产品开发也是一样，为了使产品快速上线，同样需要思想、流程和工具三者的融合。为此，秦崇举掌门专门制定了团队迭代回顾会议的三大规约。

内功：迭代回顾会议的核心思想是持续改进，因此团队确定了以 PDCA（如图 12-2 所示，其中，P 代表 Plan，表示计划；D 代表 Do，表示执行；C 代表 Check，表示检查；A 代表 Action，表示行动）循环为内功的模式，以此循环不断推动团队现状的改进。

图 12-2 PDCA 循环

招式：有了内功，产品研发团队还规定了迭代回顾会议的规范招式。迭代回顾会议需要遵循以下流程。

（1）定期召开回顾会议。

（2）在每次冲刺或迭代结束时，产品研发团队或职能团队须召开回顾会议。

（3）在回顾会议中，讨论团队面临的挑战并记录所讨论的问题。

（4）在回顾会议中，讨论并记录做得好的、做得不好的以及在下次冲刺中可以改进的地方。

（5）在回顾会议的结尾明确改进项。

（6）在改进待办列表中增加采取的行动内容。

兵器：武功的最高境界是"飞花摘叶，皆可伤人"。但在这个大规模兵团作战的时代，随着软件规模、技术架构的飞速发展，人人都能成为一流高手的难度很大。所以，对于规模化团队，好的工具等于成功的一半。鉴于天泽观成员整体实力不强的现状，"大隋那些事儿"项目研发团队引入了管理工具，以辅助团队召开迭代回顾会议。

虽然一提到回顾会议，人们首先想到的是迭代回顾会议，但是除了迭代回顾会议以外，其实还包括企业回顾会议、心跳回顾会议、培训回顾会议、里程碑回顾会议和确认回顾会议等其他类型。随着产品线的逐步增加，"大隋那些事儿"项目研发团队也逐步引入了其他类型的回顾会议。

随着团队引入迭代回顾会议，"大隋那些事儿"项目研发团队成员很快打破隔阂，快速实现产品上线，3个月内推出 MVP 版本，然后以每周一个版本的速度进行迭代。经过半年时间，《大隋那些事儿》一举成为市场占有率第一的黑马产品。

一年后，团队提出根据团队的历史数据进行深入挖掘分析，并结合团队效能平台，把迭代回顾会议升级为"数据回顾会议"的敏捷实践，最终形成了产品持续 30 年位列产品排行榜第一的传奇……

读完这份文档，郭宇飞终于展开了紧锁的眉头，心想：这不就是解决"天泽真经游戏"项目研发团队当前症状的良药吗？真是"山重水复疑无路，柳暗花明又一村"。

第 13 章　郭宇飞：避免回顾会议形式化，让内力生生不息

作者：王东喆

自秦掌门与众长老共庆重要里程碑之后，"天泽真经游戏"项目又平稳地经历了 3 次迭代。作为 Scrum Master，郭宇飞发现"天泽真经游戏"项目研发团队在回顾会议上的一些不好的苗头。例如，回顾会议上，每个人的目光略显空洞，所提出的问题给人一种应付差事的感觉。尽管大家还在参与回顾会议，但整体氛围越来越流于形式。另外，大家所提到的一些问题也多停留在表面，缺乏深入的思考。

郭宇飞思来想去，认为问题可能出在自己召开回顾会议的技巧与套路太单一。经过几次迭代的实践，虽然他已经能够熟练运用一些引导技巧，让回顾会议的节奏越来越流畅，但是团队成员似乎对此感到乏味。

这天傍晚，郭宇飞一人在静思洞的白板前踱步，思考如何让回顾会议变得有趣，引导团队成员进行深入思考，他抬头看到上次庆祝大会留下的报事帖，其中有不少关于如何开好回顾会议的想法。郭宇飞浏览了一番，发现其中居然有不少敏捷江湖上流行的复盘方法，以及一些可视化的秘籍。看着这些报事帖，他心想：这些方法虽好，但也不能每一种都学，然后拿来应用，我可没有倩儿那么聪明。他不自觉地挠起了头，突然觉得一阵微风拂过，扭头一看，秦倩正含笑站在他身旁。

郭宇飞急切地问:"倩儿,你来多久了?"

秦倩俏皮地回答:"宇飞哥哥,怎么又在挠头啊?是不是最近团队又有什么让你烦恼的事?"

郭宇飞说:"其实还好,最近我发现回顾会议的形式有些单一,团队成员似乎感到乏味。虽然会议仍在持续开,但是大家的热情明显没有一开始那么高了,而且复盘中提出的问题也浮于表面。这不正在想办法呢。倩儿,你看,这些是上次大家头脑风暴时贡献的回顾会议方法。这些方法的风格各异,其中也不乏敏捷江湖的秘籍。我要一个一个地学,恐怕时间来不及。咱们敏捷江湖中有没有一招鲜的方法?"说完,他不自觉地又挠了挠头。

秦倩看着焦虑的郭宇飞,既心疼又觉得可爱,俏皮地说:"宇飞哥哥,作为 Scrum Master,引导回顾会议可是硬实力,需要多加练习哦。你把这些都练习一下,可以取各家之长,岂不是更好?"

郭宇飞为难地说道:"好是好,不过我比较愚钝,恐怕要学很久。我之前学的回顾会议套路刚能熟练运用。再学这些,我怕我更多的精力都放在学习这些技巧上,而团队成员也可能只是被新奇的会议形式所吸引,忽略了回顾会议的本质。"

秦倩思考片刻,回应道:"谁说宇飞哥哥笨。你这话说得很对呀!回顾会议重要的是透明和检视。会议的形式只是帮助我们更容易地实现这个目标。我在赵敏师姐那里学到过一个神通,可以用隐喻心法来构建自己的回顾会议套路。喏,这本《改善敏捷回顾 提升团队效率》秘籍中有详细说明,你可以看看。"

郭宇飞接过书,笑着说:"你真是厉害了,什么问题都难不倒你。待我研读后在本次迭代中尝试一下。"

随着本次迭代的圆满结束,郭宇飞信心十足地来到团队面前,按照自己设计的回顾会议流程，开启了一段全新的回顾之旅。

1. **检查假设阶段。**

郭宇飞说："大家先更新上一次回顾会议的改进项进展。"

2. **设定基调阶段。**

郭宇飞接着说："针对这次回顾会议，我们换个方式。请大家想象这次迭代是一次春节旅行。接下来，用 10 分钟时间，思考一下描述这次旅行的词汇或者术语，然后在每张报事帖上写一个。"

听郭宇飞这么一说，众人丈二和尚摸不着头脑，不过也觉得和以往回顾会议的套路有所不同，不如试着玩玩。大家拿起笔默默写起来，之后陆续将报事帖贴到白板上。涉及的词还真不少，例如行李、交通工具、买票、占座、逃票、地图、改签、人山人海等。

看到众人写的报事帖，郭宇飞暗喜，心想：大家的参与度还不错。于是他不慌不忙地说道："这些术语有没有意思相近可以合并到一起的？"很快大家你一言我一语，对已有的术语达成了一致。

3. **搜集数据阶段。**

郭宇飞继续引导："现在，我们统一了一些术语。接下来，我们思考一下在这次旅程中都遇到了哪些事情，以及有何感受。先用 5 分钟时间，每个人都思考一下，可以用手中的报事帖记录下来。"

随后，郭宇飞将团队分成两组，鼓励大家用 10 分钟时间在组内分享自己的旅行故事，并将其创作成小组的旅行见闻，同时要求在故事中尽量使用之前统一后的术语来描述。之后，每个小组通过讲故事的形式来分享"旅行感受/见闻"。在这个过程中，大家可以对迭代的感受和旅行这件事情进行关联，从情感上进行隐喻。

之后两个小组分别用 5 分钟分享自己的旅行报告。团队一起投票，选出一个最感兴趣的旅行故事，并将其作为回顾会议下一阶段讨论的内容。

4．生成见解阶段。

经过一番讨论，大家一致选出了一个最感兴趣的旅行故事：主要景区人山人海，越是重大节日，大家越喜欢聚集到这些热门地点，而景区往往为了追求利润而忽略了基础设施的安全隐患。（这里隐喻的是团队在开发主要功能时，忽视了基本的单元测试和性能监控，导致迭代后期 Bug 不断，迭代质量不高。）

"没错，还有更严重的情况……"

郭宇飞听着大家你一言我一语，暗自高兴：通过这种无害的隐喻描述，大家把一些积压在深处的问题用这种轻松的方式说了出来。接着，郭宇飞引导大家通过"5 个为什么"的方法把故事背后的原因挖掘出来，然后通过分组讨论和合并观点，找到团队一致认可的原因。

5．定义实验和假设阶段。

最后，团队基于共识，一起制订了下一次迭代的"旅行方案/计划"。

- 我们想去哪里？
- 我们想保持什么？
- 什么是上次我们忘记了而这次要带的？
- 这次我们想避免什么？
- 谁负责这个旅行方案的实施？

6. 收尾阶段。

每个人通过报事帖留下对下一次旅程的期待。

差不多两小时的回顾会议在轻松愉快的氛围中结束了。当晚，郭宇飞拉着秦倩的手，感慨地说："倩儿，隐喻心法用起来真不错。"接着他总结了自己在这次回顾会议中不一样的感受。

- 共创的方式让回顾会议氛围轻松、安全，团队成员参与度高。

- 贴近生活，容易引发大家的共鸣。

- 采用讲故事的形式，避免直接吐槽时的尴尬。

- 虽然隐喻心法的框架固定，但是不同的隐喻内容能够引发不同的思考，使会议内容多样化。

郭宇飞基于隐喻心法又构建了几个主题，如御膳房探秘回顾会议、蹴鞠比赛回顾会议等。再结合 KISS 这种传统回顾模型，交替循环使用，形成了属于自己的高效且多样化的回顾会议方法库。想到这里，郭宇飞兴奋地写下秘籍，塞入漂流瓶，然后发布于敏捷江湖。

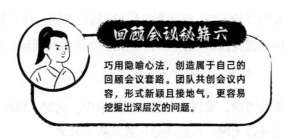

回顾会议秘籍六

巧用隐喻心法，创造属于自己的回顾会议套路。团队共创会议内容，形式新颖且接地气，更容易挖掘出深层次的问题。

第 14 章　郭宇飞：利用约束理论，持续提升团队产出

作者：王英伟

郭宇飞在天泽观第六代掌门秦崇举留下的项目资料中获得灵感后，在回顾会议中引入了更多的实践，使得回顾会议取得了很大的进步。同时，"天泽真经游戏"项目也在稳步推进。但是，随着项目最终上线日期的临近，团队所面临的压力也越来越大……

整个团队都在没日没夜地赶进度，很多成员已经连续数月没有回家。虽然进入项目之前，大家都签署了"奋斗者"协议，但是长时间不回家，估计家里早就闹翻天了。

郭宇飞看着阴沉的天空，感到胸口压抑，随后来到天泽观新建开发中心，试图通过做天泽观健身操来缓解压力。但是，当他做跳跃运动时，不慎滑倒，晕了过去。

当郭宇飞逐渐清醒，发现自己已经回到家中。此时，他听到一群孩子正在开班会。虽然觉得无聊，但他还是认真地听了起来。

他家附近住着十几个孩子。这些孩子年龄差距不大，性格却各不相同。例如洪小全性格沉着稳重，杨小清聪明灵活，韦小辉调皮捣蛋。前些日子，郭宇飞请了一位叫 Johann 的外国人来当孩子的家庭教师。

Johann 老师除了教授基础课程以外，还制定了班规——每月召开一次班

会。班会的主要目的是在班长洪小全的带领下，全班自主讨论并寻求改进，以持续提高班级成绩。

为了完成 Johann 老师布置的任务，洪小全查阅了相关资料，其中一份资料介绍 Eliyahu M. Goldratt 博士在其著作 *The Goal* 中定义的约束理论。

Goldratt 博士提出的约束理论认为，可以通过 3 个指标的变化来衡量组织和团队的表现，这 3 个指标分别是吞吐量、运营费用和库存。吞吐量反映了系统产生价值的速率，而运营费用和库存的组合则相当于精益中的在制品（Working In Progress，WIP）。

在实现任何目标之前，还需要满足必要的条件，如安全、质量和法律义务等。

对于大多数企业，目标是通过改进吞吐量、库存和运营费用来实现盈利。

做到这一点的最好方式是遵循图 14-1 所示的约束理论的五大核心步骤。

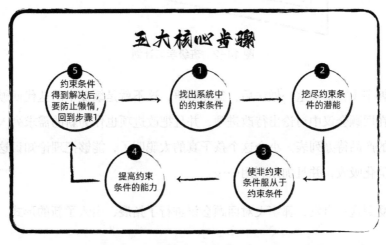

图 14-1　约束理论的五大核心步骤

这样做，团队将赢得识别根本原因的时间，并提出一种可以永久消除根本原因的方法，而不仅仅是对症状的表面处理。一旦这些措施得以实施，原先的约束将得到缓解,而新的约束很可能随时出现,此时团队需要重新开始循环。

班长洪小全在理解了约束理论以后,决定在班会上增设一个环节。如图 14-2 所示,开班会时,除了对月考的试卷进行讲解和复习以外,还需要让每位班级成员对班级上个月的学习情况进行讨论,并将讨论的待改进项列入下个月的班级学习计划。

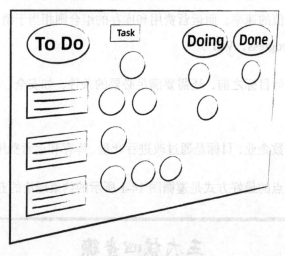

图 14-2 班级学习计划

郭宇飞在得知这一做法后,猛然醒悟,这不就是敏捷中的迭代回顾会议吗?在回顾会议中讨论出待改进项,并且把改进项也作为新的需求列入下次迭代的产品待办列表。小全这个孩子真的太聪明了,能够把理论知识这么快进行消化吸收,并且加以利用……

受到这一启发,郭宇飞对回顾会议进行了拓展,引入了新的形式。

1. 企业回顾会议。

企业回顾会议的目的是提升整个组织的效率。参与企业回顾会议的并不仅仅只有一个敏捷团队,而是包含了多个敏捷团队。会议的组织者应该对相关活动进行详细计划，明确日程、方法、地点和过程范围等。由于企业回顾会议比团队回顾会议更消耗资源，因此召开这种回顾会议的频率可能较低，并且可能与特定的冲刺周期不同步。

2．心跳回顾会议。

在心跳回顾会议中，首先要确保团队成员充分理解会议的目的是从错误中学习而非追究责任。这类回顾会议的特点包括：时长不超过 90 分钟，在团队的正常工作地点之外进行，团队决定参会人员。

3．培训回顾会议。

培训回顾会议的目的是定期评审培训在研发团队、职能团队和整个组织中的效果。培训回顾会议应包括所有的相关干系人，如敏捷领导者、团队成员、培训讲师、导师和教练等。

4．里程碑回顾会议。

对一个长期进行或者刚刚结束的项目或活动，里程碑回顾会议具有重要价值。会议的长短可以根据项目的周期进行调整，通常为 1~3 天。里程碑回顾会议通常由团队外部的人员主持，用于评审长期或战略性的影响、团队成员之间的工作关系和团队治理等。

5．确认回顾会议。

确认回顾会议的目的在于评审培训对于提升整个组织能力的影响。这种回顾会议使团队有机会实践新的技术或培训方法，以巩固培训效果，并确保整个组织的行动一致性。

第 15 章　赵敏：ORID+KISS 复盘秘籍助力回顾会议顺利落地

作者：王艳

半年的时间很快过去了，再过几天就是元宵节。晚饭后，秦倩想约师姐赵敏一起去赏花灯，于是给赵敏飞鸽传书，相约申时在集市的松云轩茶楼相聚。

第二天早上，秦倩打算去练功，刚出门便看到回来的信鸽。正当她看信的时候，郭宇飞过来了。

郭宇飞好奇地问："倩儿，看什么呢？"

秦倩抬起头，回答道："马上元宵节了，我约赵敏师姐一起喝茶、逛集市、赏花灯。"

郭宇飞听后，兴奋地提议："那太好了，我陪你一块去呗？"

秦倩摇了摇头，轻声说道："那怎么行，我们女生约会，带着你这个大男生多不方便。"

郭宇飞本想借此机会向赵敏请教一些关于项目的问题。一听被拒绝了，他有点儿着急，赶紧编了个理由："你跟赵敏师姐学了很多敏捷方面的知识，这对我们帮助很大。我也想当面感谢人家。同时，有些项目方面的问题想向她请教。难得的机会，带我一块吧？"

秦倩犹豫了一下，最终同意了："行吧，那你聊完就得离开。这可是元宵节，不能被你这个工作狂占用太多时间。"

郭宇飞立刻答应："没问题。"

很快，元宵节到了，秦倩、郭宇飞、赵敏来到松云轩茶楼。赵敏见到郭宇飞也在，很是惊讶，不过想到他们已经好久没见了，便寒暄了几句。随后在店小二的引领下，他们来到雅间，并点了茶点。

赵敏见郭宇飞满脸憔悴，关切地问道："看你这满脸憔悴，是忙你们的'天泽真经游戏'项目累的吧。"

秦倩补充道："可不，他们那个项目已经开发了半年多，宇飞哥哥没少费心。"

郭宇飞点了点头，感激地说："多亏了你的指点，项目进展顺利了很多，只是还存在一些小问题需要解决。"

秦倩接着说："我师姐可是这方面的专家，要不你说说，看看师姐能否帮忙指点一二。"

赵敏谦虚地摆了摆手："专家谈不上，只是之前项目做得多，多踩了些坑。我这里正好有一本新的秘籍，不妨给你二人一观，这也是缘分。"说着，她在桌上铺开了一张 ORID+KISS 复盘秘籍图，如图 15-1 所示。

郭宇飞好奇地问道："秘籍？能详细讲下吗？"

赵敏耐心地解释："在开回顾会议时，要注意 Objective（事实/信息）。Objective 强调的是客观地陈述回顾会议的过程，只描述事实，无须评价。"

郭宇飞分享了自己团队的经验："我们团队已经开了 3 次回顾会议，每次会议后都会列出一些改进项，但等到下次开会，我们发现很多改进项仍然存在，没有进展，于是有人反馈回顾会议没有意义，流于形式，建议我们不要再开了。"

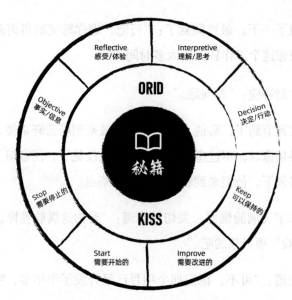

图 15-1　ORID+KISS 复盘秘籍

赵敏引导他深入思考："那你有什么样的感受呢？秘籍中的 Reflective（感受/体验）强调的是个人的感受，要求是内心的真实感受、情绪和想法等。你可以简单表达下，不用分析成因和解决办法。"

郭宇飞坦诚地表达了自己的感受："我感觉大家都在努力工作，但改进项没有进展，我也很头疼。我感觉我们好像哪里做得不对，但又不清楚具体哪里不对。"

赵敏继续引导："那你是否思考过为什么会这样呢？秘籍中的 Interpretive（理解/思考）强调要能理解对方，并进行深入思考。你认为是什么导致这些改进项没有进展呢？"

郭宇飞反思道："在每次迭代中，每个人都有自己的任务和迭代目标。因为大家默认迭代目标的优先级高于回顾会议提出的改进项，所以，当负责优化的团队成员寻找帮助时，常常遭到拒绝，收到最多的回复就是'你这个不着急，等我搞完这个任务再找你'，然后问题就这样循环往复……我感觉可能是团队成员的目标不一致导致的。"

赵敏追问："那你打算怎么办呢？秘籍中的 Decision 是指决定/行动。你是否真的下定决心付诸行动以改进呢？"

郭宇飞谦虚地寻求建议："我没太多经验，所以想请教你，看你有没有好的建议。"

赵敏说："你可以尝试从 4 个维度来思考问题。Keep 是指针对回顾会议有哪些做法是需要保持的。"

郭宇飞立刻回应："提出改进项并落实到负责人是需要继续保持的。"

赵敏接着说："Improve 是指开回顾会议时有哪些方面是需要改进的。"

郭宇飞思考后说："改进项的推进机制需要想办法改进下。"

赵敏继续指导："Start 是指开回顾会议时有哪些事情是需要开始处理的。"

郭宇飞提出了自己的见解："我们首先需要解决优先级冲突的问题，确保团队成员对优先级有共识，然后明确迭代目标。迭代既要包含业务需求也要包含改进项，这样大家就不会再相互推诿。"

赵敏补充："Stop 是指开回顾会议时有哪些做法是需要停止的。"

郭宇飞坚定地说："大家对改进项的优先级缺乏共识，进而导致改进项被延误，这是我们需要停止的做法。"

赵敏总结道："你看，你已经找到了解决办法。这就是复盘常用的 KISS 方法，不妨多练习几次。"

秦倩提醒道："好啦，宇飞哥哥，我们一会儿还要去赏花灯呢。"

郭宇飞回应："行行行，你们去吧，我再研究一下。"

赵敏将秘籍递给郭宇飞："这本秘籍留给你，有机会再跟你细聊。"

郭宇飞感激地说："好的，你们好好玩。"

第 16 章　玉玲珑：在建立团队信任的基础上召开回顾会议

作者：刘陈真

最近项目进展顺利，武铁礁帮主准备扩大旗下的产品线，特地从其他分坛调来几个能手，并组建了一个新团队，准备试水新市场。由于前期试点的团队在采用敏捷的工作方式时尝到了甜头，因此武帮主决定新团队也采用敏捷 Scrum 框架进行研发工作。

当团队完成第一次迭代时，武帮主决定带领团队举行一次迭代回顾会议。

李长老首先发言："我认为我的团队成员都很优秀，没什么需要改进的地方。"

随后，会场陷入了一片沉默。武帮主见状，说道："鲁长老，你也说说嘛。"

鲁长老严肃地回应："新来的几个弟子资历尚浅，他们的武术中看不中用。"

被点名的弟子们一脸委屈，却不敢反驳，脸涨得通红。

武帮主看了一圈，说道："其他人的意见呢？"

除了声音大的鲁长老以外，再也没有人发言。会议在一片沉默中结束了。

武帮主很是郁闷，会议结束后，他带着徒弟叶不凡来桃花山庄喝酒解闷。

"哼，可郁闷坏我了！"武帮主满脸不悦地说道。

桃花山庄的玉玲珑见武帮主满脸写着不开心，便笑着说："武帮主，还请稍等片刻，我这就给你拿酒来，咱们边喝边聊。"

"好，好，好，给我弄坛女儿红。对了，再弄些下酒的小菜。"一听说有酒，武帮主的脸色缓和了不少。

"好嘞！"玉玲珑笑着答应。不一会儿，酒和小菜都摆上了桌。

武帮主抿了一口酒，捏起两粒花生米丢进嘴里，然后把刚才召开回顾会议的情况和玉玲珑说了下。"我观察到这个新团队不是甩锅、吵架，就是沉默不语，完全不像我以前的团队，真是愁死我了。"

玉玲珑看向一旁的叶不凡，轻声地说："不凡哥哥，说说你的想法。"

"我觉得让团队形成信任的文化非常重要。在团队尚未建立信任之前，召开回顾会议容易效果不好。师父，你的团队成员彼此熟悉吗？他们是否相互信任？"叶不凡看着武帮主说道。

"这个……"武帮主沉思了一会儿，捋了捋胡须，说道："有几个弟子是刚加入团队的，他们之间确实还不太了解。"

"你这个女娃娃点子多，说说怎么帮助团队建立信任感。"武帮主好奇地说。

玉玲珑折断一根树枝，并将其拼成三角形放在桌上，然后说："武帮主，我偷学的我爹的武林秘籍里面提到过，要建立信任，应先了解信任的3个基石——能力、关系和关心他人的利益。"

"首先是展示和提升能力。能力体现在拥有相关的专业知识和技能，以及严谨的逻辑表达和沟通能力等硬技能和软技能，能胜任当前的工作。我们需要观察并了解每个人的特长并给予他们展示自己的机会。"

"用日常工作中的例子来说，技术专家经常分享技术心得、带领团队攻克技术难题，这可以直接增强团队对技术专家的信任感。同样，如果 Scrum Master 能有效地阐述 Scrum 回顾会议的意义、方法和技巧，帮助团队理解和培养敏捷思维，对团队成员进行适当的引导，利用示范、话题或数据进行启发，采用场景回顾等方法开拓思路，让他们有能力参与，这些都是专业能力的体现。如果团队有做得好的地方，及时鼓励，多表扬，树立积极的团队氛围。引导团队成员看到彼此优秀的一面，这就是展示能力。这些做法都有利于增强团队成员之间的信任感。"

"另外，平时交流中的非语言和语言的表达也会影响信任感，例如外在形象、身体语言、说话语气和肯定的用词等。逻辑表达可以参考武林秘籍《金字塔原理》，进行结构化的观点表述。"

叶不凡拍了下自己的脑袋，恍然大悟地说："对了，师父，我最近机缘巧合下得到武林秘籍《非暴力沟通》和《高绩效教练》，我觉得我的沟通能力大增。"

"你小子勤奋好学，真是不错！"武帮主点头称赞，"上次讨论的回顾会议和每日站会的方法也很好用。"

"对！"玉玲珑笑着补充，"多与同行交流、多读书，并将学到的知识和方法应用与分享，这是提升个人专业能力的有效途径。"

武帮主来了精神，问道："继续说，这个'关系'怎么理解？"

"其次是关系。当然就是搞关系了。简单来说，就是通过展示自己非工作的一面，拉近彼此的距离，让大家喜欢你。平时的闲聊、组织一些团建、聚餐等都可以联络团队成员的感情。特别是师父你，如果能够笑一笑，再加上一点幽默感，就像村里和蔼可亲的老爷爷。这样关系自然就更近了。我们更愿意向朋友倾诉，因为彼此关系好，有安全感，更容易听到真实的声音。"

武帮主眼前一亮，心中已经开始盘算："妙啊！下次组织大家到桃花山庄搞次团建，嘿嘿！"

"最后是关心他人的利益，即具备同理心和真诚。关心他人的最高利益，学会倾听，理解和尊重每个人的看法，认可每个人的价值、贡献和潜力，学会成为团队成员的伙伴和朋友。回顾会议的基调应该是对事不对人，开诚布公地讨论，让团队成员慢慢地敢于吐露心声。与关心他人利益相对的是只关心自身利益。我们可以用一个公式来体现信任模型：(能力+关系)/自身利益。"

玉玲珑用手指蘸了茶水，在桌上三角形外围画了一个框，最终形成一幅信任内核图，如图 16-1 所示。

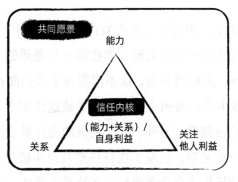

图 16-1　信任内核

"关键点来了，要想让团队成员彼此信任、具备凝聚力，就需要建立团队的共同愿景，帮助大家建立一致的目标，让团队成员更多地关注一致性和共同利益，求同存异，这才是双赢。这份回顾会议的最高指导原则可以在会议之前朗读：'无论我们发现了什么，考虑到当时的已知情况，个人的技术水平和能力、可用的资源，以及手上的状况，我们理解并坚信：每个人对自己的工作都已全力以赴。'"

相互信任、安全的工作环境有利于激发团队成员的潜能，这是打造高效敏捷团队的必经之路。武帮主看着桌上的图，茅塞顿开，对团队的未来充满了信心。

第17章　张衍：开放空间+世界咖啡，开好规模化回顾会议

作者：王立杰

在张衍的带领下，相对于其他游戏产品，"天仙传奇游戏"在口碑、用户规模、每日活跃用户数等关键数据指标上均遥遥领先，并且还从东华胜州输出到西滁州、南绵州等地。这不仅得益于天仙阁在当地的深厚影响力，更归功于游戏本身的吸引力及团队的敏捷迭代能力。张衍的团队能够根据用户的反馈及时调整。另外，一个关键的操作是定期回顾与反思。团队在广泛听取用户意见后，激发了创新热潮及奋斗精神。直到此时，加入天仙阁必须签订的那份"奋斗者协议"才算真正落地。连张衍一直想试点的每周4天工作制只好作罢，毕竟整个游戏团队都在自发地加班，赶都赶不走。这种热情让江湖上其他门派的掌门人急得直上火。（注："奋斗者协议"是天仙阁要求每个新入门的弟子"自愿"签署的一份协议。签订之后，弟子将会放弃带薪年休假、非指令性加班费，以此保证自身成绩考核达标和获得相关分红、配股。目的是希望弟子都成为真正的奋斗者，主动为天仙阁的兴盛作出贡献。当然，其他门派对此颇不认同，觉得这是一种压榨弟子的方式。）

在召开规模化多团队的回顾会议方面，张衍是走了弯路的。第一次尝试将单团队的回顾会议召开方式直接复制到多团队上，结果导致上百人参与的回顾会议混乱不堪，最终无果而终。这次失败不仅让张衍的声誉受损，也让

他感到尴尬。

为此，张衍闭关修炼，深入研究《戴乌奥普斯捷径》，并结合 SoS 模式，发明了一套 RoR 玩法，即 Retrospective of Retrospectives（回顾之回顾）。RoR 玩法的要点是，在每个团队完成各自的回顾会议之后，再举行跨团队的回顾会议。来自各个团队的代表和整个项目的关键干系人开会讨论项目整体的进展情况和需要改进的地方。RoR 玩法的关注点是改进整体流程，而不是单个团队的表现。

在向落落这个贤内助的协助下，张衍完善了很多细节内容，最终制定出一套简单的 RoR 会议召开流程。具体实施步骤如下。

第一步：选择一个框架，创建一个中心话题。

每个团队在各自的回顾会议上使用相同的框架，以便快速收集结果和汇总问题。可以采用的框架包括帆船回顾、热气球回顾、4R 回顾、4F 回顾及 4L 回顾等。当然，也可以不约定统一框架。同时，创建一个中心话题，让每团队在回顾会议上围绕这一话题进行讨论。各个团队的主持人需要在召开 RoR 会议之前进行小会，一起确认中心话题。

第二步：组织团队级回顾会议。

每个团队的回顾会议应该控制在 60 到 90 分钟内。为每个团队分配一名主持人，并考虑为领导者和管理者安排单独的会议，以便团队成员在没有管理者在场的情况下更坦诚地沟通。

第三步：分析结果。

各团队回顾会议结束后，主持人立即对问题进行分类，先按照人员、过程或工具 3 个维度进行，然后按照影响范围进行，例如从团队内、团队间到部门内、跨部门、组织整体等，如图 17-1 所示。

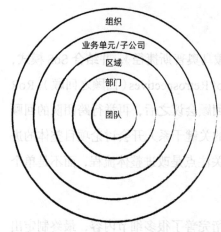

图 17-1　按照影响范围对问题进行分类

第四步：组织 RoR 会议。

每个团队选择需要在 RoR 会议上讨论的 5 个最重要的问题。最好能提前想好改进建议。RoR 会议时间约 90 分钟。经过集体讨论后，要在会议上确定相应的改进计划，并划定优先级。

在一切准备就绪后，"天仙传奇游戏"项目的 12 个团队参照上述流程执行了一次 RoR 会议，最终的实践效果很好。向落落总结了秘籍，替张衍发布于敏捷江湖，赢得了一片好评。

回顾会议秘籍七

在召开多团队回顾会议时，不能全员照搬单团队回顾会议的方式，可以采用 RoR（回顾之回顾）模式。先由各个团队单独召开回顾会议，再由各个小团队派一名关键代表来参加跨团队回顾会议。每次讨论的重点是跨团队协作或与组织整体相关的问题与进展。

在取得初步效果后，张衍采纳了向落落的另一条建议，即将多团队回顾会议的议题及最终实施计划在天仙阁内广泛公布。毕竟，透明及渗透式的沟通至关重要。很多未能参加 RoR 会议的天仙阁弟子对此交口称赞，都说张衍作为项目负责人，公正无私，处事公平。

回顾会议秘籍八

多团队回顾会议结束后，可以将形成的关键决议以公告的形式发出，让所有人都能了解将要发生的变革，增强透明与信任。

成功探索出 RoR 会议模式后，接下来面临的挑战是如何在每次两周的迭代结束后都搞一次 RoR 会议。对此，张衍心存疑虑，担心这样的投入过大，而收益未必成正比。他直觉上决定不每次迭代都举办 RoR 会议，但为了求心安，他还是通过飞鸽传书向浑空祖师求救，一方面是感谢他赠送的武功秘籍，另一方面是为了验证自己对 RoR 会议的节奏判断是否正确。

张衍很快收到了浑空祖师的回信，得到了两个关于举行跨团队回顾会议时机的具体建议。

第一，定期举行多团队回顾会议。

在组织开始规模化敏捷时，规模化回顾会议不仅可以揭示多团队间的障碍，通过协作调整以提升整体效能，而且可以为领导者提供沟通紧迫性和强化未来愿景的机会。可以每 1 到 2 个月举行一次大规模回顾会议，要形成一定的节奏感；不建议每次短迭代后都进行大规模的回顾会议。

第二，当团队的回顾会议开始失效时，应立即举行多团队回顾会议。

几乎所有团队的回顾会议都会发现团队范围之外需要解决的问题。最初，这对团队自身的进度的影响可能不大，因为在他们自己的范围内有很大的改进空间。然而，随着时间的推移，外部障碍的影响将越来越大。当团队成员感到无助时，回顾会议将不再有效。这就是一个明确的迹象，表明应立即举行多团队回顾会议，不应再受时间周期的约束。

张衍阅读了浑空祖师的两个建议后，让向落落进行了总结。

回顾会议秘籍九

举行多团队回顾会议时,通常不需要每个短迭代周期都做一次全员回顾,可以周期略长些,譬如1~2个月做一次;但如果发现关键性跨团队阻碍时,可以随时举行多团队回顾会议。

一晃几个月过去。这日,张衍正在闭关修炼,白长老前来拜访,张衍不得不出关。白长老提出,虽然派代表参与每周的 SoS 跨团队站立会议或者每两个月一次的 RoR 会议提升了沟通效率,但是部分天仙阁弟子私下里表示,这种议事方式不符合天仙阁的传统。他们认为,天仙阁的传统是全民大会制,无论距离多远,无论辈分高低,只要能赶来,都可以参与。如果持续仅派代表参与相关会议,恐怕会让那些不能现场参与讨论的弟子感到寒心。

张衍自幼在天仙阁长大,深知这一传统,并且他也确实不想因为一个游戏项目惹上非议,因此几日来他一直郁郁寡欢。这一幕被向落落看在眼里,疼在心里。她偷偷找白长老了解事情原委后,立刻计上心来,看来这事非得找敏捷圣贤赵敏出手了。毕竟,每次敏捷联盟大会都是由赵敏主持的。果不其然,向落落很快就收到了赵敏的飞鸽传书。原来赵敏采用了一个"开放空间会议+世界咖啡"的形式,向落落对此做了一些调整,并将调整后的方案告诉了张衍,张衍深表认同,决定参照此法来进行一次全员回顾会议。

首先,张衍发布了一个公告,招募 15 名弟子参与一件趣事,应聘者的武功高低无所谓,但一定要能言善辩、察言观色、善于速记、总结能力强,懂绘画者优先。不到半天,人员就招满了。然后,张衍把这些人交给向落落培训。

接下来,针对"天仙传奇游戏"项目研发团队进行了问题收集与投票。向落落搞了一面告示墙,鼓励团队成员提出阻碍整体团队协作的问题,要求直接将问题写在告示板上,其他人可以投票(在对应的问题后写"正"字,一笔代表一票),由铁面无私的白长老监票,以防止乱投。最终,针对选出来的十大问题,张衍传授提出者一部武功心法作为激励。

在正式举行回顾会议的前一天，向落落带领"天仙传奇游戏"项目研发团队的几位成员制作了一面"时光墙"，这是之前准备工作的延续。之前，向落落要求各个小组的负责人收集与项目相关的关键事件和对应的工件。例如，有亮点的游戏场景、重要的公告、影响全局的重大游戏缺陷、团队间的冲突、发布后的用户反馈、发布时间点的用户活跃数据、人员的变更，等等。另外，还做了一些访谈，让大家聊聊自己记忆中的大事件及感受。这面"时光墙"以时间线的方式将所有的内容横向展开，一眼看过去，史诗般宏观。当张衍带着几位长老参观时，大家不断交口称赞。擅长丹青的向落落抓住了这一历史瞬间，将画作发布于敏捷江湖，立刻赢得了十几万人的传阅。

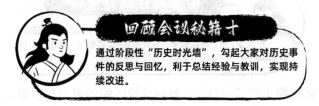

回顾会议秘籍十

通过阶段性"历史时光墙"，勾起大家对历史事件的反思与回忆，利于总结经验与教训，实现持续改进。

第二天，"天仙传奇游戏"项目研发团队的现场回顾会议开始了。提前来到现场的天仙阁弟子纷纷在"时光墙"前打卡，现场响起连续不断的欢笑声。

待人到齐之后，首先由之前报名的经过培训的弟子每人认领一个主题，并担任该主题的负责人，负责引导参与者进行深入探讨并给出解决方案。现场的所有人自由组队，根据自己的兴趣选择一个话题进行讨论，整个讨论环节限定在两小时内完成。

两小时后，各个主题小组完成讨论。向落落给大家带来了各式苏式小糕点和时令水果。这些平时习惯养生餐食的天仙阁弟子品尝着美食，希望这样的总结回顾会议每个月都要开一次。在短暂的休息时间里，各主题小组的负责人对讨论结果进行了整理和优化，以便更好地呈现内容。

休息结束后，向落落再次把人召集回来。这一轮，各小组的主题负责人留下来，而小组成员则顺时针移动到下一个小组，聆听其他小组的讨论结果，并给出意见和建议。待时间一到，再次轮流交换位置。如此几轮过后，每个人基本上对所有话题的结论都有了初步的了解，并提出了一些改进建议。

在会议的最后阶段，为了确定后续行动计划的优先级，现场进行了一轮画"正"字投票，根据投票结果确定了行动计划的优先级。

会议结束后的第二天，关于本次全员回顾会议的结论及最终举措的告示再次被贴出。天仙阁的弟子竞相观看。看到这一幕，连一贯不苟言笑的白长老都露出了久违的笑容。

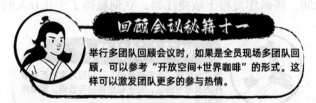

回顾会议秘籍十一

举行多团队回顾会议时，如果是全员现场多团队回顾，可以参考"开放空间+世界咖啡"的形式。这样可以激发团队更多的参与热情。

至此，张衍终于松了一口气。经过这段时间的努力与积累，多团队协作的挑战终于告一段落。他开始思考如何进一步增加游戏的趣味性。

第 18 章　郭碧婷：识别痛点变化，确保线上回顾会议效果

作者：王英伟

随着"天泽真经游戏"的逐步上线，这款产品受到越来越多玩家的追捧。"天泽真经游戏"属于角色扮演类游戏，玩家不仅可以通过主线剧情深入体验游戏世界，还能通过探索众多分支线索来增加游戏的挑战性和趣味性。

在产品开发过程中，团队从用户社区论坛中获得了很多新的创意，这些创意既包括游戏情节的更新，也包括技术实现的方案。鉴于产品的火爆程度，天泽观的高层决定采用开放平台策略，以提高用户参与度和增加用户黏性。

为此，天泽观在滇南、吐蕃、关东等地设立了分公司或办事处，并在当地组建了研发团队，开展新的游戏情节功能开发工作。同时，他们建立了一个开放引擎平台，如图 18-1 所示，通过开放 API，允许普通游戏爱好者开发自己喜欢的功能，并与"天泽真经游戏"项目进行对接与交互。

这种创新的开发模式使"天泽真经游戏"在短短 3 个月内迅速成为东华胜州排名第一的游戏产品。除了天泽观自己的研发团队以外，世界各地的游戏爱好者也纷纷加入产品的开发行列中。

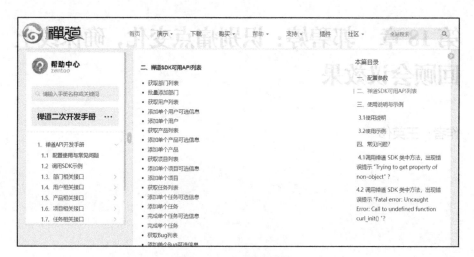

图 18-1　开放引擎平台

产品的发展速度远远超乎郭宇飞的预料。与此同时，很多意想不到的问题随之而来，例如下面这些。

- 需求变更频繁，管理难度加大；
- 各个里程碑有疏漏的需求；
- 临时插入的任务增多，项目计划与交付风险变得难以预期；
- 并行版本的开发分支过多，分支间的同步工作量巨大；

……

另外，每个地区的团队面临的问题也各不相同。面对这种现象，郭宇飞一个头两个大，显得力不从心。

尽管团队尝试通过线上会议与世界各地的开发者定期进行沟通与回顾，但是效果并不理想。除了会议严重超时以外，会议期间也很难有高效的产出。

这日，郭宇飞在回家的路上正考虑如何解决这些问题时，突然有人拍了拍他的肩膀。他回头一看，原来是妹妹郭碧婷，她留学归来了。

寒暄过后，郭碧婷注意到郭宇飞眉头紧锁，便关切地问道："哥，什么事让你这么发愁？"郭宇飞随即把最近项目迅速发展，但是管理有些混乱的事情跟她大致说了一下。郭碧婷听完之后，思考了一会儿说："我男朋友最近也在玩这款游戏，只是不知道是你们开发的。他现在和其他几个国家的小王子组成了一个以火焰图腾为标志的战队，名叫火焰队。他们在每次完成任务后，都会使用一款叫'企鹅会议'的软件进行回顾，似乎效果不错，你可以尝试一下。"郭宇飞兴奋地说："好啊，你快说说。"

郭碧婷整理了一下思绪，然后解释道："其实，线上会议与线下会议的目标是一样的，只是线上会议的效果有些难以保证。为了确保线上会议的效果，火焰队首先识别了会议中可能出现的问题。高效的会议总是相似的，而低效的会议各有不同。"

接下来郭碧婷详细介绍了火焰队的做法。

第一，挖掘线上会议的痛点。

上线时间不同步，登录后注意力不集中。

语音信息不同步，网络连接不稳定。

会议中出现回声，会议软件未升级。

参会环境嘈杂，居家会议中孩子干扰。

第二，分析线上线下会议的差异。

相对于线下会议，线上会议的每个角色都发生了变化。

对于所有人：不能坐/站在一起。

对于管理者：不能"看见"大家在工作。

对于个体：没有固定工位，没有通勤时间。

第三，针对各个问题，逐一解决。

做好协同：关键在于让团队成员在同一个平台上工作。例如，实时共享团队任务和议程，明确信息传递的规则。

做好管理：针对线上会议，应有意识地加强团队共识，提升决策效率，明确责任范围。例如，清晰传达目标，做好目标拆解；区分会议的不同角色，确保会议有序进行。

做好自己：让团队成员更容易了解自己的工作内容，有效支持自己的工作，及时同步工作进展。例如，合理安排和可视化自己负责的内容，为自己创造一个适合会议的环境，整理工作空间，设定针对本次会议的目标。

听完郭碧婷的叙述，郭宇飞茅塞顿开。他将这些实践引入团队的线上会议中，逐渐提升了会议效率，为"天泽真经游戏"产品独立上市打下了坚实的基础。

需求管理篇

第 19 章　秦倩：渐进明细产品需求收集法

作者：黄震

"哎呀！不好！"郭宇飞大叫一声，猛地从睡梦中坐起。

"怎么了？宇飞哥哥。"秦倩赶忙为郭宇飞擦去额头上豆大的汗珠，语气中带着担忧。

"倩儿，我刚才做了一个噩梦，梦到那老毒物司马蜂也开发了一款手游'蛤蟆消消乐'，正在纳斯达克敲钟呢！我就是被那钟声和老毒物的狞笑声惊醒。"郭宇飞心有余悸地说道。

"宇飞哥哥，在江湖上确实有'蛤蟆消消乐'的消息，据说是司马聪担任产品总监。"秦倩轻声安慰。

"那我们真的要加快步伐了，我们的'飞龙上天'产品需求说明书才写到 100 多页，研发周期估计也得一年。"郭宇飞焦急地说。

"宇飞哥哥，不知该说不该说，我觉得这类互联网产品真的不适合瀑布式开发模式了……"秦倩委婉地提出了自己的看法。

"咱们都是习武之人,哪门武功不得练个十年八年才敢下山行走江湖啊?"郭宇飞比喻道。

"宇飞哥哥,你对Eric Ries可有耳闻?"秦倩问道。

郭宇飞急忙摇摇头,表示没听说过。

"此人在《精益创业》一书中提出了最小可行性产品(Minimum Viable Product,MVP)的概念。也就是说,针对互联网产品,由于外部环境、用户需求和技术革新的变化都非常快,一个产品一步到位的设想已经不太现实。书中提倡的做法如下。同时这本书还给出图19-1所示的样例。"秦倩继续说道。

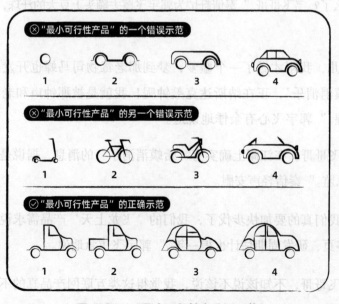

图19-1 "最小可行性产品"示范

"所以，你的意思是，我们应该先发布一个具有核心功能的版本，然后再逐步完善，像滚雪球一样把产品做大做强？"郭宇飞若有所思地问道。

"噗。"秦倩敲了一下郭宇飞的脑壳，笑道："也算是与此有点类似吧。这就是渐进明细产品需求收集法。"

秘籍二

一个好的最小可行性产品具备如下特征：

体现核心价值；低成本；可以提供反馈。

秘籍三

最小可行性产品建立在开发—度量—认知（build-measure-learn）

的精益原则之上。

秦倩接着讲道："就产品的初代上线版本而言，要聚焦产品的核心功能，实现产品的核心价值，具体原因如下。

其一，我们的小范围一厢情愿式的产品设计并不能确保用户都能认可，将产品快速投入市场进行验证是最妥当的方法。互联网产品的迭代速度快、消耗资源少，这样可以降低试错成本。用这种先上线再迭代的方法来检验产品功能，可以达到事半功倍的效果。

其二，如果产品的核心功能足够解决用户的问题，即使初代产品并不完美，也能有效吸引用户。只要能解决问题，就能较早获得用户，抢占市场先机。"

秦倩转到郭宇飞对面，继续说道："根据用户的有效反馈，我们不仅可以确定用户是否认可我们的产品，还可以了解用户为什么喜欢，在什么场景下会用到，产品还有哪些Bug，后续还需要添加什么功能……所以，这才是深挖需求、快速迭代的好时机。"

"这样的话，'飞龙上天'就能抢在'蛤蟆消消乐'之前上市，获得早期用户以及资本的青睐。"郭宇飞似乎有所领悟。

"哈哈哈，宇飞哥哥，你这是想创业想得走火入魔了。赶紧躺下歇息，明早晨练后，你我二人一起着手规划初代版本。"秦倩笑着安慰道。

"好的，所言极是。这下我心里踏实多了，睡了。"郭宇飞安心地躺下。

第 20 章　周逍遥：挖掘需求背后的真正动机，避免"无用功"

作者：张思琪

夏日酷暑难耐，八月的骄阳似火。在这样的高温下，"天泽真经游戏" 3.0 版本项目的迭代回顾会议上，气压低得令人窒息。原来团队即将完成一个用户故事，这次迭代进展顺利，团队士气高涨，甚至已经计划了一次小型的庆功宴。然而，突然接到内部业务部门的通知，说这个需求暂时搁置，客户可能不需要了。这可把团队成员气炸了，大家纷纷表示不满。

在一顿牢骚之后，产品负责人周逍遥看到大家的怒气消得差不多了，便诚恳地站了出来，向大家道歉。他承认这次是需求分析不到位，没有挖掘出客户的真正动机，搞得大家的工作都白做了，自己要承担主要责任。同时，他也肯定了团队的工作质量和团结合作的精神。看到周逍遥的态度这么诚恳，团队成员也不好再说什么。

作为 Scrum Master 的郭宇飞马上出来打圆场，问周逍遥如何改进后续用户需求的调研工作。

周逍遥说："还请小师弟邀请秦倩专门找个时间，给俺这老头儿补补需求管理的课。由于业务部门的同门懂技术，这次直接把技术方案给了我，我手头工作太多，没有进行深入分析，直接将方案用作用户故事。因此，这是我的失误。"

"没问题,这件事包在我身上。"郭宇飞拍着胸脯保证。

周逍遥以前一直对自己的技术水平颇为自信,自从担任产品负责人后,不太愿意听取 Scrum Master 的建议,清晰地划分产品负责人的界限。这次他能放下姿态,郭宇飞怎么能放过这个机会。

晚上,周逍遥带着多年珍藏的好酒来向秦倩和郭宇飞请教。郭宇飞早就和秦倩打了招呼,准备好一桌酒菜,在门口迎接周逍遥。刚落座,周逍遥就迫不及待地讲述了事情的前因后果,悔不当初一时犯懒,给团队造成了浪费。

秦倩赶紧安慰道:"你是技术出身,刚开始负责产品负责人方面的工作,犯了错误也不必太自责。其实挖掘客户需求的动机并不难,只要掌握 5W2H 分析法,这个问题就能迎刃而解。"

周逍遥立刻睁大眼睛,好奇地问:"什么是 5W2H 分析法?"

秦倩见他这么心急,也不卖关子,开始仔细讲解起来。

使用 5W2H 分析法分析客户需求,就是要回答以下问题。

- What——要完成的需求功能是什么?具体要完成的需求特征是什么?
- Who——谁是用户?谁是目标用户?他们有什么特征属性?
- Why——为什么?为什么要这么做?理由何在?原因是什么?
- When——用户在什么时候会用?使用的场景处于什么时间段?
- Where——用户在哪里使用?使用的场景所处的位置,如公交地铁、办公室、户外等。
- How——怎么做?如何提升效率?如何实施?方法怎样?用户会怎样使用?

- How Much——做到什么程度？是当成核心功能做深做透还是浅尝辄止？

"其中，Why 最为重要。这次客户直接给出了 How，也就是你们开发时使用的方案。由于业务部门的同门与你都是技术出身，彼此了解，因此认为该方案无懈可击，殊不知大家都忘记了最重要的一环——Why。当我们挖掘出客户真正的动机时就会发现，这种技术方案简单是杀鸡用牛刀。"

周逍遥频频点头，陷入深思，过了一会儿，又问道："什么工具可以更好地启发客户来回答以上问题呢？"

"常用的获取客户需求的方法不外乎客户访谈、问卷调查、现场观摩和原型化方法等。"接下来秦倩详细介绍了这些方法。

1. 客户访谈。

主要通过与代表性客户进行谈话沟通，以获取需求。

优点：灵活性好，适用范围广泛。

缺点：沟通时间难以安排，信息量大且难以记录，需要具备相关领域知识，需要谨慎处理机密敏感话题等，适用于获取小范围的需求。

2. 问卷调查。

主要通过设计调查表来收集用户的需求。

优点：可短时间内从大量回答中收集数据，性价比高。

缺点：由于缺乏面对面交流，因此难以澄清问题与回答，而且反馈信息可能不全面，无法深入探讨问题细节，适用于大范围的需求获取。

3. 现场观摩。

主要针对较复杂、难理解的流程和操作。

优点：直观且清晰。

缺点：效率较低，适用于获取复杂的需求。

4. 原型化方法。

首先构建一个简易的原型系统，然后根据用户在试用过程中的反馈意见进行修改，直至获得满意的结果。

优点：允许用户早期参与并反馈意见。

缺点：过程较为耗时，可能会误导用户对未来系统产生不切实际的预期，适用于不明确需求的获取。

……

周逍遥、郭宇飞和秦倩不知不觉中谈到深夜。周逍遥紧皱的眉头终于舒展开，连声道谢，哼着小曲踏上了回家的路……

第 21 章　赵敏：全链路精益需求分析，聚焦最终用户价值

作者：王英伟

洞中方一日，人间已千年。"天泽真经游戏"3.0 版本一经发布，便受到各地用户好评。用户分析显示，新增用户的年龄段出现了些许变化，18~22 岁、35~40 岁的用户群体占比逐渐增加。

对于市场上的这种现象，天泽观的业务分析师、产品负责人表示难以理解。于是，郭宇飞与"天泽真经游戏"的产品经理、设计师等在君山度假村召开"'天泽真经游戏'4.0 版本故事情节发展方向研讨会"。

在会议中，大家就"天泽真经游戏"用户群体当前出现的变化进行了深入讨论。大家一致认为，互联网产品最终用户需求不易捕捉，而且在评审和开发过程中需求也会发生变化。

面对不懂技术与产品的最终用户，如何让他们表达出真正的需求，以及如何迭代"天泽真经游戏"的产品功能，成为团队最头疼的问题。此时，秦倩提出了一个想法，她最近读了《敏捷无敌之 DevOps 时代》这本书，书中主人公赵敏提到的全链路精益需求分析（如图 21-1 所示）为大家提供了参考。

全链路精益需求通过 4 个招式（理论工具模型）——用户旅程地图、影响地图、用户故事地图和需求实例化澄清，辅助产品设计人员从探索用户的真实痛点到业务需求和产品功能的对应关系，从规划产品路线图到将产品需求转化为研发

团队可执行的任务,实现需求分析流程的端到端交付。接下来介绍这 4 个招式。

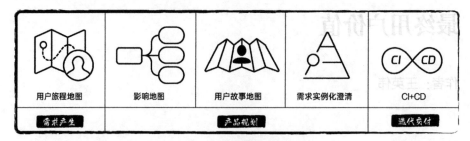

图 21-1　全链路精益需求分析

第一式：用户旅程地图，直击用户最终痛点。

在需求分析流程中,产品设计人员首先使用用户旅程地图(见图 21-2),通过可视化的方式描述用户使用产品或接受服务的体验,从而发现用户在使用过程中的问题点和满意点,并从中提炼出产品或服务的改进点和机会点。

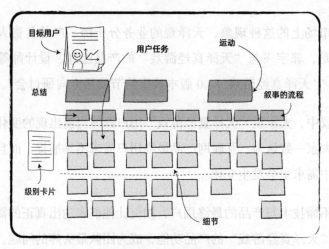

图 21-2　用户旅程地图

第二式：影响地图，关联业务目标与产品功能映射关系。

研发团队通过影响地图(见图 21-3)清晰地沟通假设,并根据总体业务目标调整研发活动,做出更好的里程碑决策。影响地图可以帮助组织避免在构建产品和交付项目的过程中迷失方向,确保所有参与交付的人对目标、期望影响和关键假设有一致的理解。

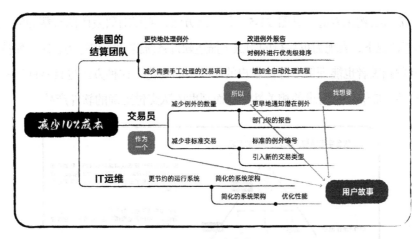

图 21-3　影响地图

第三式：用户故事地图，按照优先级规划版本迭代。

用户故事地图（见图 21-4）是一堵"故事墙"，可以将高级别的用户故事排在前面，并根据优先级描述用户需求。通过这种地图方式，团队可以充分考虑各类可行方案，找到一条可以最大化投入产出比的路径。所有干系人对功能需求应有相对一致的理解和整体认识。

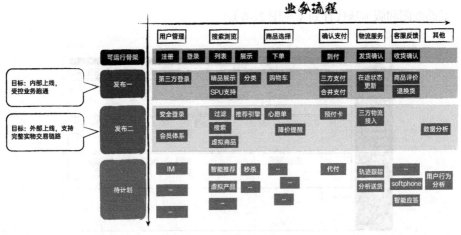

图 21-4　用户故事地图

第四式：需求实例化澄清，确保团队对需求的理解一致。

需求实例化澄清（见图 21-5）是一组方法，它以对研发团队有帮助的方式（理想情况下，表现为可执行的测试）描述软件系统的功能和行为，使不懂技术的利益相关者也能理解。即使客户的需求不断变化，这种方法也具有良好的可维护性，能够保持需求的相关性，从而帮助团队交付正确的软件产品。

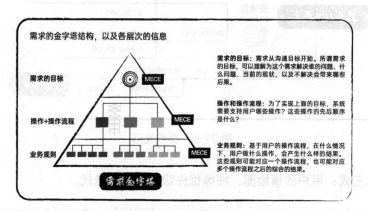

图 21-5　需求实例化澄清

在研讨会之后，"天泽真经游戏"项目研发团队邀请了桃花岛的黄岛主作为产品创新教练，运用敏捷产品开发的连环掌，进行了为期 3 天的需求分析梳理。通过一系列的深入分析和讨论，团队最终确定了"天泽真经游戏"4.0 版本的产品路线图和版本迭代计划（见图 21-6）。

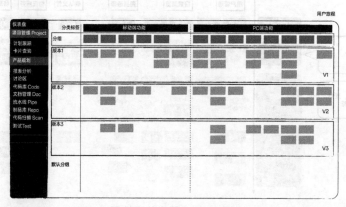

图 21-6　"天泽真经游戏"4.0 版本的产品路线图和版本迭代计划

第 22 章　张乐宝：知己知彼，百战不殆

作者：朱婷

这年，罕见的雪灾导致东华胜州的人们不得不居家办公。这为"天泽真经游戏"带来了意外的增长机会。3年后，"天泽真经游戏"的用户比例已经占据东华胜州全部人口的65%，稳占同类产品第一的宝座。

当然，凡事有利就有弊。虽然对"天泽真经游戏"来说，在雪灾期间收获了重大的市场占有率，但是，当年人口健康度调查报告显示，近三年东华胜州人的体重不断增加，肥胖率持续上升。于是，丐帮的研发团队想开发一款线上武术教学的应用，以便让东华胜州的人在家中利用元宇宙设备锻炼身体。该研发团队将这个子项目命名为"居家健身"。

为此，"居家健身"项目研发团队特意拜访了武学名师杨无过先生。经过杨先生的精心设计，"居家健身"项目研发团队结合自己的理解，设计了"居家健身"1.0版本，但是，当1.0版本推向市场以后，反响平平，仅在一些专业运动员和健身教练中获得了好评。

"居家健身"项目研发团队仔细分析后发现，1.0版本的招式虽然新颖，但是对参与运动的人员的基础要求较高，导致大部分人无法达到预期的运动效果。痛定思痛，研发团队扩大了对用户群体的调研。他们联系了负责体育项目的郭香襄、张乐宝等人，共同探讨2.0版本的发展方向。

"居家健身"项目研发团队首先自豪地介绍了1.0版本的战略主题，毕竟

在战略主题确定的那天，该产品赢得了在场所有商业领袖的赞赏。随后，研发团队开始讲述产品上线后的坎坷之路，此时讨论的氛围逐渐变得沉重，研发团队的领队近乎哭诉着讲完 1.0 版本的开发经历。

杨无过听后沉思片刻，首先打破了沉默，问道："你们在开发 1.0 版本之前有没有进行深入的用户调研？"

现场先是一片寂静，随后是一阵低语和骚动。大家你看看我，我看看你，有的人嘴里嘟囔着什么，但听不太清楚。一阵骚动后，所有人把目光投向研发团队的业务分析师。业务分析师这才怯怯地问："难道不是业务部门说做什么我们就做什么吗？还要做用户调研吗？我们根本接触不到客户！"

郭香裹一听，立即明白了产品的问题所在，用手托着头，崇拜地看着杨无过。

杨无过接过话说道："业务部门的反馈当然重要，但没有基于用户调研的需求，就会变得天马行空，无法解决用户的痛点。这很容易导致我们认为重要的功能，实际上使用频率很低或者用户根本不会使用。"

业务分析师问道："杨先生，有没有什么秘诀可以帮助我们了解真正的用户意图和痛点？"

杨无过回答："当然，我们可以使用一些用户调研方法来获取需求，并帮助客户找到他们真正的意图。"

听到这里，研发团队立马有了精神，业务分析师甚至往前探了探身子。

杨无过问道："不过，在介绍这些方法之前，我先卖个关子，我们要了解用户，可以从哪几个方面入手？"

大家迟疑了一下，有人喊道："年龄！"其他人也开始纷纷发言："性格、偏好、用户习惯……"

杨无过看了一眼郭香襄,郭香襄立刻心领神会,找来纸笔,根据5W2H消费者购买行为分析法,将大家的发言内容总结为图22-1所示的内容。

图 22-1　5W2H 消费者购买行为分析

大家看完图后纷纷称赞。杨无过说:"工欲善其事,必先利其器。从这几个方面入手准备用户调研,才能做到有的放矢,高效获取有用的信息。"听到此,张乐宝也连连称赞。

业务分析师问道:"那接下来我们该怎么办?"

杨无过看向张乐宝,说:"乐宝,你来说说你的'太极拳十三式'的成功经验。"

张乐宝卷起袖子,说:"为了了解用户的真实场景和意图,我们采用了多种调研方法。"

随后,张乐宝详细分析了如下这几种调研方法。

第一种是现场观察法(observation/shadowing/contextual inquiry)。

用户有时甚至自己都不知道他们最需要什么。因此,产品负责人首先作为旁观者,假装不在现场,对参与的用户进行观察。

不是听他们说使用产品的过程,而是通过观察,洞察他们述说的上下文,理解他们的行为和动机。

第二种是深度访谈法（engagement/depth interview）。

观察结束后,可以邀请真实用户及企业的业务代表、产品负责人进行深度访谈。

由于直接邀请用户与企业代表进行互动,以访谈的形式进行沟通和交流,因此,企业代表可以深入了解用户的理念和价值观。

通常,访谈包含图 22-2 所示的 3 个阶段。

图 22-2　访谈包含的 3 个阶段

访谈开始前,要确定访谈的主题、目标、大纲和主要问题等。访谈的大纲和主要问题可以围绕以下几点来准备。

- 身份：用户的基本特征,如职业、年龄、教育程度等。

- 需求：用户围绕产品相关的活动、使用场景、流程、需求和痛点等。

- 触点：通过什么方式可以和用户取得交互,或者与用户交互的媒介是什么。

- 情感：用户的感受、偏好和价值观是怎样的。

- 能力：用户对产品或服务买单的意愿及能力是怎样的。

通常访谈从一个主题开始，让受访者讲述自己的经历和故事，表达他们的真实看法和感受。作为采访者，企业代表应保持同理心和尊重的心态，探索受访者遇到的潜在问题、疑问、感知和理解。

访谈结束后，整理访谈信息，并与研发团队分享访谈结果。

第三种是沉浸式体验（immersion/becoming the user）。

沉浸式体验是一种为了体验用户的真实场景和问题而使用的方法，即直接让企业代表沉浸在用户的体验中。例如，如果打算开发一个订餐应用，那么企业代表应该模拟用户的身份，获取关于用户感受与体验的第一手资料。

张乐宝讲完后，"居家健身"项目研发团队的成员意犹未尽。

研发团队的负责人听后激动地说道："听君一席话，胜读十年书。"

杨无过接过话来说道："正所谓'知己知彼，百战不殆'。只有深入了解用户的使用场景和意图，才能投其所好，让客户更快乐！"

会议结束后，研发团队很快确定了用户调研方案，并派多个产品代表到各地走访。经过细致的用户分析，研发团队发布了"居家健身"2.0 版本。该版本在市场上受到老、中、青三代用户的喜爱，一个月内增长 1.4 亿个用户，成为产品设计界的一个传奇。

第 23 章　秦倩：需求优先级排序

作者：方正

中秋节到了，秦倩找到郭宇飞，想邀请他一同赏月。

"宇飞哥哥，'天泽真经游戏'1.0 版本发布后的反馈还好吧。要不一起去赏月？"她提议道。

"唉，很多人使用之后提了很多新的想法，我还在整理。"郭宇飞一直看着反馈的信息，显得有点不耐烦，连说话时都没顾得上看秦倩一眼。秦倩感到被忽视，不由得有些不悦。

"有反馈是好事，这样就可以在 MVP 基础上继续迭代，这有什么好愁的。"

"自从我们发布了 1.0 版本，并开始收集用户反馈后，大家的反响非常激烈。我一开始也很兴奋，非常期待大家的反馈，以便继续向用户最关注的功能方向迭代。"

"对呀，这不反馈了挺多的嘛。"

"反馈确实不少，但信息量也很大，而且每个人关注的点都不一样，看得我都有点精神分裂了。"郭宇飞叹了口气说。秦倩听完，耐住性子认真地看了一下，若有所思。郭宇飞察觉秦倩突然不说话，便扭头看着她。

秦倩心生一计，调皮地问："宇飞哥哥，你现在用的是哪种需求优先级排序方法？"

郭宇飞回答:"四象限法则。我们平常处理任务也采用类似的方法,将任务分为重要紧急、重要不紧急、紧急不重要和不重要不紧急 4 类。但现在每个用户都说自己的需求很重要、很紧急,这种方法有点不灵了。"

秦倩早就料到他用这样的方法时会卡住。她示意郭宇飞靠近,然后说:"还记得我们之前讲的 MVP 概念吧。基于这个概念,我们后续的迭代就要按照 V(Value,意指价值)来判断。在不同的阶段,核心价值是不同的,我们应当优先满足最迫切、最核心的价值,尽快满足大家必需的诉求。常见的方法有用户故事地图、KANO 模型、MoSCoW 法则等。"

"需要这么多方法才能做好这个需求优先级排序呀。"郭宇飞显得有点不知所措。

"这倒不是。每种方法都有其独特之处。今天,先给你介绍下最'洋气'的 MoSCoW 法则。"秦倩笑嘻嘻地解释。

随后,秦倩向郭飞宇详细介绍了 MoSCoW 法则。

MoSCoW 是由 4 个优先级类别的首字母缩写组成的词组。

Must have:必需的功能。这类功能需要满足以下条件。

- 与生命之源——水一样重要。

- 没有这项功能就无法按时实现目标;如果未交付,那么在预定日期部署解决方案将毫无意义。

- 没有这项功能是不合法的。

- 没有这项功能是不安全的。

- 没有这项功能就无法提供可行的解决方案。

- 没有这项功能，用户无法使用。

可以多从反面来思考这个方面的功能的优先级：如果没有这项功能，结果会怎样。

Should have：应该有的功能。

- 类似于雪中送炭。
- 重要但不紧急。
- 不开发这项功能可能会很痛苦，但解决方案仍然可行。
- 可能需要某种解决方法，而且解决方法可能只是临时的。

可以通过未满足的方式来思考这个方面的功能的优先级：在没有这项功能的情况下，用户将面临多大的痛苦。

Could have：可以有的功能。

- 类似于锦上添花。
- 想要或希望拥有，但相对次要。
- 如果不开发，会痛苦，但用户能忍受或通过额外的手动操作来完成。

Will not have：不应该有的功能。

- 画蛇添足。
- 不需要或不应该存在。
- 开发这些功能可能会使解决方案变得不行，或者给用户带来困扰。

针对这类功能，不仅要从正面考虑其重要性，还得从反面考虑——如果不开发这项功能，会带来多大的影响。

秦倩在介绍完上述内容后，对若有所思的郭飞宇说："需求的优先级不是一成不变的，我们需要不断地对所有的需求进行优先级排序。原因有如下3点。

一是，不同阶段产品的核心目标和任务是不同的，需要满足的价值也不同。现阶段重要的功能在下个阶段可能就没有那么重要了。一开始不应该开发的功能，后续可能逐渐成为解决新场景问题的备选。

二是，多个需求之间可能存在重叠或者交叉。通过对需求进行拆解、合并和重组，才可能形成最终的需求列表。这时，我们应该对整理后的需求进行优先级排序，而不是一味地围绕原始需求进行调整。

三是，不同的需求优先级排序方法是可以组合使用的。如果需求较大，可以通过影响地图来判断；如果需求聚焦在特定场景，可以通过用户故事地图来判断；如果是单个功能模块下的需求，那么 MoCSoW 法则、KANO 模型、四象限法则也是不错的选择。"

"哦，原来对需求的优先级排序还有这么多讲究。"郭宇飞听后点头说道。

不知不觉中，他们已经走到了天台。

"哈哈哈，宇飞哥哥，坐下来吃块月饼吧。"

"哎呀，我们什么时候上来的？原来今天天气这么好，月亮这么圆。"

"别沉迷于需求了，好好歇一下吧。明天我再和你一起看下用户的需求。"

"这月饼真好吃。"郭宇飞边吃边说。原来是郭宇飞只顾着排需求的优先级，晚饭都没吃。秦倩看着他狼吞虎咽的样子，会心地笑了。

第24章 叶不凡：通过设计思维洞察用户需求，驱动产品创新

作者：刘陈真

最近，敏捷江湖好不热闹，各种新奇的产品如雨后春笋般涌现。叶不凡领导的创新产品团队与市场部，紧密合作，积极收集业务需求，忙得不亦乐乎。

"七七，你怎么愁眉苦脸的？"叶不凡来看徒弟七七，发现她一个人眉头紧锁地盯着桌上的草稿。

"师父，我们的新项目已经启动，帮主催我尽快绘制出产品界面，以便团队尽快开发。可是我感觉这个需求特别复杂，我都关着门画了好几天，但进展还是不理想。你快来帮我想想办法。"七七一看到叶不凡，赶紧起身，闷闷不乐地说道。

叶不凡看着徒弟，心疼地说："七七，你最近辛苦了！其实，挖掘用户需求是一个逐步深入的过程，用户对真正需要的产品的认识也是一个逐步清晰的过程。如果过早地关注某个解决方案，将会限制我们寻找创新解决方案的空间。所以，建议在需求初期阶段，尽量避免在编写的故事中包含界面细节，也不要花费太多精力去收集和整理需求细节。"

七七皱着眉头问道："那应该怎么办？"

叶不凡回答道："最近我出去转了一圈，发现敏捷江湖上越来越多的项目

通过设计思维来理解需求。这些项目构建的产品在市场上的反响很好。你看，我们现在处于 VUCA①时代，需求的不确定性导致需求捕捉和设计面临巨大挑战。如今的市场越来越以用户为导向，我们经常处于一个产品愿景清晰，但问题和机遇不确定、产品概念模糊的阶段。针对这种情况，如果运用设计思维来分析需求，也许能更准确地找到核心需求，从而设计出更合适的解决方案。"

"你快说说什么是设计思维。"七七好奇地追问。

叶不凡眼睛转了转，微笑着说："设计思维是一种创新的思维方式和方法论。它强调从用户的需求出发，整合用户需求、技术可行性和商业持续性，从团队创意中构建原型并反复验证，通过提供新产品或新服务来满足用户需求。"

随后，叶不凡向七七详细介绍了设计思维。

设计思维的特点如下。

- 以人为本：以用户为中心，建立同理心，深入挖掘用户的真实需求。

- 开放及多元化：保持好奇心，持续提出开放性问题（可采用"WH"问句，如 what、when、where、who、whom、which、whose、why 和 how）。从用户的角度出发，集思广益，打破思维局限，进行创意研发。

- 包容与复杂性：接受不确定性和失败，认识到复杂系统需要复杂解决方案，探究复杂系统背后的本质。

- 可视化展示：借助故事、视觉表达和简洁明了的语言来分享发现，或者为用户创造清晰的价值主张。

- 试验性：首先建立原型，并在用户场景中进行测试，以进一步理解、

---

① VUCA 是 Volatility（易变性）、Uncertainty（不确定性）、Complexity（复杂性）和 Ambiguity（模糊性）4 个单词的缩写。

学习并解决问题，然后不断迭代完善产品。

设计思维与传统思维的区别还是比较大的。由于传统思维往往倾向于工程化，注重企业自身利益和实施方法的难易程度，因此它更多地聚焦问题的可行性，强调计划性，事先需要做大量的准备工作。这种思维方式比较单方向，不会花太多时间去了解用户的反馈，而是直接应对问题。通常，首先通过收集的数据来支持所确定的解决方案，然后根据经验方法实施。这种思维方式更适合处理简单问题或系统，但容易受限于过去的数据、经验或对未来的假设。

相比之下，设计思维是一种"以人为本"的思考模式，它旨在洞察人心，探索用户深层次的需求。所以，它会围绕设计的产品或服务的对象进行深入了解，专注于对用户来说重要的事情。在需求探索过程中，这种设计思维鼓励我们去理解用户及其背景、动机、情感等，挑战假设并重新定义问题，不断尝试识别底层问题，以及探寻解决问题的策略与方案。

面对复杂需求，设计思维的优势如下。

- 挑战固有假设，质疑既有的解决方案和假设，探究是表面问题还是核心问题。

- 更有效地应对棘手问题，包括一些定义不清晰、不完整、不断变化的问题，真正解决核心问题。

- 确保用户满意度。在每个阶段都应用以人为本的理念，重视用户的反馈和评价，期望最终的产品或服务可以令用户满意。

- 接受且灵活对待不确定性，采用灵活高效的迭代开发，拥抱变化，研发团队可以及时判断市场趋势并做出改变。

针对如何运用设计思维来理解需求，斯坦福大学进行了研究，并总结出五大阶段，如图24-1所示。

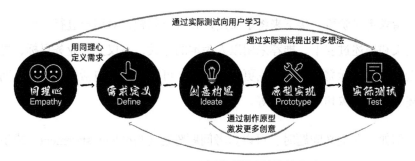

图 24-1 应用设计思维来理解需求的五大阶段

接下来详细介绍这五大阶段。

同理心阶段。找到真实用户，对他们进行同理心研究，理解他们的立场，体验他们的认知、动机、行为和情感，即移情。可以通过观察、问卷、访谈、沉浸体验等互动形式来深度理解用户群体。

例如，利用"同理心地图"工具（见图 24-2），梳理访谈对象的话语、行为、思想和感受，从而找出真实的需求。有时，用户自己未必能清晰地表达自己的真实期望。在提问的过程中应该尽可能保持中立。

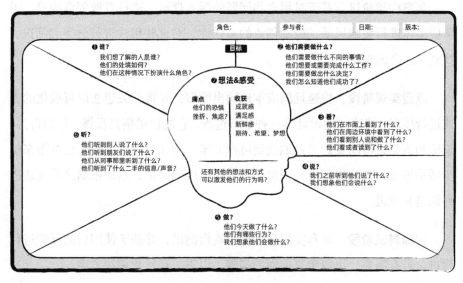

图 24-2 "同理心地图"工具

需求定义阶段。接下来将定义用户和核心问题,对用户进行建模。在问题定义和描述过程中,推荐采用以人为本的方式,不仅关注业务目标,更要贴近用户的实际需求,使讨论更加人性化。可用的方法包括用户故事、问题描述、用户画像和用户旅程等。

例如,在定义问题时,可以参考问题陈述(Problem statement)或视角(Points of View,PoV)。

- 用户:我们的产品的用户是谁?
- 可能性:有什么相关但不可控因素?
- 价值:我们追求的短期目标和长期影响是什么?
- 方法:我们的基本策略是什么?
- 设计思考:对于这个问题,我们有哪些已知的假设?
- 痛点:我们想要解决什么问题?

创意构想阶段。基于对用户和问题的深入理解,进行发散创意构思。团队应集体进行头脑风暴,鼓励创意的多样性。对这些想法进行分类和筛选,找到最适合的想法。

原型实现阶段。快速且低成本地输出原型,并将相关想法以可视化的方式进行展现。快速原型设计是一种学习过程,它能提供信息反馈,包括行为、想法和感觉,帮助我们更好地找到可行方案。例如,可以手绘想法草图来初步展示想法,并从内部用户或焦点小组那里得到反馈,然后根据这些反馈进行调整和改进。

实际测试阶段。对真实用户进行小规模测试,并基于使用后的反馈进行改进。若有需要,可以重复前面的步骤,以进一步优化解决方案。

需要注意的是，设计思维是一种敏捷的、迭代的非线性的需求开发方法。在设计思维的指导下，每个步骤都应从用户的角度出发，解决客户的挑战，并尝试不同的方法，持续检查和评估整个过程。有时，甚至会审视之前的步骤，然后根据评估进行适当的调整。这些步骤可以重复进行，也可以与其他步骤同步进行。

"师父，我就知道你有办法！你真是太棒了，我觉得思路豁然开朗！下午我就和几位师姐行动起来，约用户访谈。"七七兴奋地去找其他同门分享这个好消息。

第 25 章　陈峰：处理非功能性需求，做好质量内建，提升用户整体体验

作者：刘陈真

"大哥不好啦！快来帮忙救火。"叶不凡和楚天急匆匆寻找陈峰。

最近，黑风崖推出的新款武林心得网站大火，吸引了大量武林人士慕名而来。用户数量的激增导致网站无法承受，直接崩溃，无法访问！武林秘籍的买卖和发帖功能都无法使用，用户直接崩溃。黑风崖的团队成员们如热锅上的蚂蚁，急得团团转。系统好不容易恢复了，陈峰马上组织楚天和叶不凡，带着团队成员一起商量对策。

"大哥，我们非常重视用户的痛点，关注什么功能能满足用户的需求。现在功能大受欢迎，产品大火，但没想到在这个地方栽了跟头！"楚天首先开口说道。

陈峰严肃地说："吃一堑长一智。我们团队也要重视非功能性需求。非功能性需求往往是容易被忽视的隐性需求，可以视为系统行为的约束或质量属性。识别和关注非功能性需求可以有效地保障系统正常运行，并提升用户的整体体验。这次事件着实给我们团队上了一课。"

"那么，如何分析非功能性需求呢？"楚天谦虚地向陈峰请教。

陈峰回答道："我们的用户熟悉业务场景，他们能提供一部分答案。但

是，大部分用户不懂技术，对系统也不了解，他们可能无法完整地表述自己的技术需求。我们团队擅长技术，对系统运作有丰富的经验。另外，武林人才辈出，很多前辈高人总结的宝贵经验也可供我们参考，防止重复踩坑。在需求分析时，团队一定要和客户共同分析和探讨可能的场景。同时，我们要考虑经济原则，既不忽视也不过度设计，这样才能在满足功能需求的情况下提升用户的整体体验。"

"大哥，我还有一个问题，我们团队已经使用用户故事来描述功能性需求了，那么非功能性需求要如何管理呢？"叶不凡问道。

"是啊，大哥，团队已经习惯使用用户故事来描述用户需求，但对于部分非功能性需求，我们还无法恰当地以故事的形式来表达。我们应该如何处理这些非功能性需求呢？"楚天补充道。

"针对这个问题，我有一些心得体会，愿与二位分享。"陈峰认真地说道。

"愿闻其详。"叶不凡和楚天知道陈峰能力超群，都一脸期待地看着他。

接下来陈峰详细地介绍了非功能性需求的处理方法。

处理非功能性需求一般有 3 种方法。

方法一：建立约束卡，加入需求产品待办事项列表。

对于那些业务上有明确要求、具有直接价值的非功能性需求，或从较大的用户故事中拆分出来的专注于非功能性需求的小故事，可以采用故事卡片的方式进行记录，并将其放进需求产品待办事项列表，进行优先级排序。这种方法适用于那些特定的特性或功能，例如下面这些需求。

- 作为信用卡用户，我希望在使用信用卡进行付款时能够隐藏个人信息，以确保信息安全。

- 作为登录会员，我希望登录 10 分钟后要再次验证，以防止非授权访问。

方法二：作为验收标准，与客户协商确认。

从技术角度来看，部分非功能性需求的实施过程并不复杂，可以作为大功能需求的一部分来完成。针对这种情况，我们可以与客户协商，将非功能性需求纳入验收标准，例如下面这些需求。

- 密码掩码（隐藏）。

- 付款成功后自动发送短信息。

方法三：作为完成的定义（Definition of Done，DoD）清单的一部分在开发过程中实施。

针对那些适用于所有场景的非功能性需求，最常见的处理方法是将其列入团队的 DoD 清单，然后在开发过程中实施。所有的用户故事都需要在满足 DoD 清单后，才能被认为是完成的。例如下面这些需求。

- 在 3 秒内完成页面加载。

- 通过安全性测试。

以上 3 种方法分别对应解决方案级别、功能级别和团队级别。团队可以根据具体情况来采纳最合适的方法。

"这些是我多年来遇到的非功能性需求类型，如果你们不嫌弃，可以拿去参考。"陈峰从上衣口袋里拿出一本小册子，里面记录着常见的非功能性需求类型和分析，如性能、准确性、可移植性、可重用性、可维护性、可操作性、可用性、易用性、安全性、容量等。

楚天开心地说："多谢大哥倾囊相授！我回去后会和团队组织专题讨论，研究我们的产品对于这些常见的非功能性需求类型有哪些经验，大家总结形成检查清单，发布到项目的知识库中，后期定期分析和完善，提升大家对系统的认知，以便在与客户讨论时有更多的输出。"

"今天，我们对练好需求内功之处理非功能性需求有了新的理解。我们就此告别，下次再会！"楚天和叶不凡带着团队成员向陈峰拱了拱手。随后，团队又满怀激情地投入到紧张的研发工作中。

经过这次深入的问题讨论，团队采用了新的工作方式来管理非功能性需求。在陈峰、叶不凡和楚天的带领下，团队研发的产品凭借其过硬的技术能力，在江湖上赢得一致好评。

第 26 章　诸葛婧：妙笔生莲花，五步定需求

作者：王洪亮

在造物派每月 15 日的练功大会上，诸葛和诚（项目负责人）正在向一众徒弟展示他的功夫——行云流水式。

此时，诸葛和诚的夫人（业务方代表）款步走进演武堂。寒暄过后，夫人从袖中取出一纸卷，然后将纸卷展开摊在桌上，并轻声地说道："此番正值中秋佳节，我给你和徒儿们带来了一个新的需求，供拆解练习。"她知道诸葛和诚生平喜好钻研五行八卦，甚好此等数算之事，因此，每月 15 日都会带需求拆解练习一道，以便大伙练功累时用来解闷。

诸葛和诚飞出几枚银针，将那纸张定在桌上，定睛一看，竟然是一份收费表（见图 26-1）。这是钱庄对使用二维码收款的商户收取的从收款账户向活期账户转账的手续费。刹那间，诸葛和诚的其他徒弟也聚拢桌前，想要一起分析这个需求。

客户类型	0~1万两	1万~5万两	5万~50万两
一般客户	0.1%	0.15%	2%
重点客户	减免	减免	减免

图 26-1　收费表

诸葛和诚和徒弟们看完这张收费表之后，他压低声音问道："可有其他资料？"夫人怔了怔，说道："这还不够？"

诸葛和诚心里暗自一沉，脸上却不动声色，只是微微皱了皱眉头。此次夫人带来的竟是曾经轰动江湖的"一页纸需求"！

江湖上有句流传甚广的童谣：能解一页纸，需求再无忧。

最初，诸葛和诚只是听赤发魔君提及此事，却也当他胡言乱语，何曾有人只提一页纸需求。

那日，赤发魔君在山洞中，尽管气势减弱，但依旧强硬地说："甭说一页纸，一句话的需求我也见过。"

诸葛和诚当时只当这是玩笑话，也没在意。在他心中，自然想研学江湖上广为流传，却未曾有人练过的"一气呵成功"。

诸葛和诚暗自思量，也想了解一二，于是开口问道："减免的条件是什么？怎么判断哪些是重点客户？"

"这个需要朱赤彤的运营团队来决定。"夫人答。

诸葛和诚急忙追问："朱赤彤的团队有权决定减免多少吗？"

夫人摇摇头，回答道："嗯……这个需要申请。"

诸葛和诚也是见过千风万浪的人物，面对这样的需求，一时间竟也无从下手，颇感艰难。他来回踱步，试图找出应对之策。过了一会儿，他继续问道："几时上线？"

夫人稍做犹豫，然后回答："一个月之内。"

那诸葛和诚何等人物，当世豪杰，位列五绝之一，号称劈天，面对此需求，也不禁放慢语速，慎重地说："尚有诸多需求细节未定，恐怕一个月内无法完成。"

夫人似乎不以为意，她含笑说道："不就是一张收费表吗？原本都有提现功能，现在只需要在其中增加收费功能不就行了？堂堂劈天大侠岂会被此等小题难倒。"

诸葛和诚自是不肯认输的，心中暗自思量：表面看起来似乎简单，但是总觉得直接答应不妥。于是，他继续问："每天提现有上限吗？"

夫人回答："50 万两，看这个表格。"诸葛和诚接着问："如果只提现 10 文呢？"

夫人解释道："同样会收取 0.1%的费用。对了，这个收费标准最好是可以自由调整的，而且这也只是暂定版本，将来可能会变。"

诸葛和诚话锋一转，又问："那就需要一个配置页面，修改收费标准也要领导审批吧？"

夫人此刻点点头，回答："这个当然。"

诸葛和诚若有所思，继续追问："这里的 1 万和 5 万，属于下一个级别还是上一个级别？"

"属于下一个级别。要是没有问题，一个月能完成吧？"夫人的语气中透露出明显的不耐烦。

他二人你一言我一语好不热闹，但气氛又异常紧张。徒弟们也是甘之如饴，大气不敢喘，生怕打扰了二人。

诸葛和诚心想：似此般如何是好，她只管挤对我，我却不能贸然应承。于是，他说道："我们认为这个需求不够详细，还没有写完整，我们还得继续研究研究，理解透彻后，再跟你确认是否完整。"

夫人的脸色一沉，大声说道："这不行，我们太忙了，一年要保证 6 个大项目上线，这边的业务有很多业绩指标的压力。这个需要早点上线，否则会影响我们的业绩完成。等会儿我还要跟领导开个碰头会。我这边的会议可多了。你们要早点给我答复。要不然我也不好交代。"

诸葛和诚看向自己最得意的弟子蓝紫青，问道："紫青，你可有要问的？"

莫说蓝紫青一言不发，其他弟子也是面面相觑，不知道该如何应对。此时，角落里传来一个女声，是陆乘风。她说道："不如请小师妹出来，她最近在研究需求分析，不分昼夜，似乎有所建树。我们既然束手无策，何不请她一看。"

诸葛和诚大喜，忙命人去请诸葛婧（诸葛和诚的女儿，她最近练就了可视化需求分析的武艺）。

"什么需求？"诸葛婧三步并作两步赶来，欣喜若狂。她最喜欢解决需求方面的难题，还没坐定，就先问起了问题。

"就是这个。这是一份收费表，要向使用二维码收款的商户收取手续费。"诸葛和诚解释道。

诸葛婧冷静地问："哦。这个能够带来什么价值？"

夫人回答："增加钱庄的盈利。"

诸葛婧继续追问："很明确，还有呢？"

夫人简洁地回答："就是盈利。"

诸葛婧不放过任何细节，继续追问："站在商户的角度，他们会怎么看待这份收费表？"

夫人回答："大商户可能会选择离开，而小商户可能会选择接受。"

诸葛婧紧接着问："那么应该如何留住大商户？"

夫人回答："针对大商户，自然是有减免政策的。"

诸葛婧继续提问："钱庄是如何收取这些费用的？"

夫人回答："自然是通过设置收费标准来收取。"

诸葛婧又问："汇总呢？"

夫人回答："对了，收费汇总页面应该可以进行查询，查询条件包括日期、商户、区域、运营人员等，以便可以通过多种方式进行汇总。"

诸葛婧继续追问："那可有任何术语？"

夫人回答："应该没有。"

"好。"诸葛婧走过桌子前面，转到蓝紫青，说道，"主要的业务流程有吗？"

夫人回答："就是商户从收款账户向活期账户转账时需要收取手续费，没有什么流程。"

诸葛婧一招碎星流花掌，劈向笔架，一支笔在空中翻旋几圈，径直落在她的手中。她握着笔，在墙壁上画了一张泳道图。图中内有两条泳道，一条是商户，另一条是钱庄。她开口问道："商户知道我们要收费吗？"

"不知道。"夫人回答的声音明显低了许多。

诸葛婧面带微笑，接着说："怎么通知他们？"

夫人回答："系统会提示即将开始收费。"

诸葛婧说："想必一定有契约吧？"

夫人回答："那是自然。"

说话间，笔洒墨点如雨下，泳道图上多了几个契约的框子。

一众师兄弟在旁观看，竟无一人出大气，垂手立正，定睛观瞧，生怕错过任何细节。

诸葛婧问："用户确认契约后就可以开始收费了，对吗？"

"正是。"夫人点头说道。

诸葛婧继续问："那么用户转出款项时有几种方式？"

夫人回答："现如今，有两种方式——定期和手工。定期是每天下午4时，商户可以设置一个取款金额，系统会每日自动提现这个金额到活期账户，手工就随意了。"

诸葛婧双手握住笔杆，转头问："娘，您看这张图（见图26-2）如何？"她的眼中带着一丝期待，就像小时候刚学会吹奏"天雨落幕曲"时，向母亲讨要夸奖的模样。

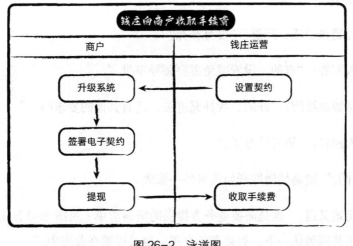

图 26-2　泳道图

"此图甚妙。"夫人看着女儿的灵动洒脱，心中自然欢喜，但她的脸上依旧保持着平静。

"此处涉及契约，自然需要法务部来拟定。"诸葛婧及时补充。

"定然如你所愿。"夫人回应。

"如果商户不肯签契约，又当如何？"

"那就只能让他们全部提现后离开，无法再使用钱庄的收费系统。"

"倘若他们离开后又后悔，想要回来怎么办？""再给激活即可。"

"合同有效期多长？""一年。"

"一年之后呢？""每年自动续约一年，除非其中一方提出解约。"

"每天提现有限额吗？""刚才提到了，50万两。"

"自动提现每天只有一次，对吧？""对，自动提现每天只有一次。"

诸葛婧略一沉吟，腕上略一用力，手中笔舞动如花，刷刷点点，迅速勾勒出一张功能列表图。

诸葛婧收起笔，问道："可有补充？"

夫人回答："有的，设置减免需要领导审批。"

诸葛婧继续问："好的，我补充进去，还有其他的要求吗？"

夫人回答："暂时没有了。"

"好的。"诸葛婧随即开始画另外一张表。

诸葛婧又道："这是需要业务方提供的资料清单（见图26-3），还请诸位师兄师姐共同确认一下。如果有新发现，也可以填在此表中。"

资料	提出日期	提出日期	状态
契约样本	今天		未提供
收费标准	今天		已提供
契约到期通知文本	今天		未提供
收费通知文本	今天		未提供

图 26-3 资料清单

"此法甚妙,今后需求都如此分析,将可获得高质量的需求。"夫人甚是满意。

"婧儿,"诸葛和诚转向女儿,问道,"何人教你此法?刚才契约的部分,如果不是你分析出来,等开发时再提出来,必然导致交付延期。"

诸葛婧解释道:"此法叫作五步法,第一步是确认业务价值;第二步是梳理角色;第三步是梳理术语;第四步是画主要业务流程;第五步则是纲举目张。"

"还有此等秘籍?何人所创?"梅超风立即问道。

诸葛婧下巴微扬,自是一副深不可测的样子,说道:"几日前,我在市集上见一老者用此法轻松解决了一个问题。我便虚心求教。老者赐我秘籍一本,名为《可视化需求分析》。我询问老者的名讳,他自称姓王名大锤。之前江湖上未曾听闻此名号,想来是位隐士吧。"

诸葛和诚问:"那你能否明日将此武功传于同门,如果我造物派人人通得此技,需求分析将不再是难题。"

诸葛婧抱拳回应:"此武功共有思维 13 式,原则 14 门,招式 54 招。它覆盖需求分析的各个方面,涉及从产品创设、需求分析、需求书写、需求分解,到排期、估算和开发,以及需求变更和运营等。它还能够解决需求分析中的常见问题,包括一页纸需求、需求变更、需求知识传承、需求质量标准,以及探索隐含需求等。我已经学习了半个月,略有小成。这半个月的练习,让我越来越能体会到其中蕴藏的精妙。"

"对，这个需求看起来舒服多了。"蓝紫青接着说道，"需求要是都这么写，在开发过程中就可以减少很多的问题，无须反复确认细节。恭喜小师妹学得此技，这将大幅提升我造物派的实力，实在是可喜可贺。"诸葛婧搓了搓手，有些不好意思地笑了笑。

"实乃幸事。我造物派需求分析迈出了一大步，想来那裂地、翻海并不知晓此法。"诸葛和诚当下命众弟子加紧练习。

第 27 章　郭宇飞：解耦需求间依赖，释放团队效能

作者：王东喆

"天泽真经游戏"项目正在如火如荼地进行中。作为 Scrum Master，郭宇飞和团队已经磨合得如丝般顺滑。然而，在最近的一次回顾会议上，质量工程师的抱怨让郭宇飞陷入了沉思。

测试人员反馈说，迭代中的开发任务平均 5 天时间才能交付测试，这严重压缩了测试的时间。一个迭代周期为两周，而开发差不多占用了一半的时间。当同时交付几项功能时，团队感觉压力很大。

郭宇飞意识到，自从团队逐步适应敏捷开发方式，交付给团队的需求形式似乎越来越不适应敏捷的运作方式。每次迭代时，团队收到的仍然是传统的需求说明文档。虽然产品负责人已经尽量把需求范围控制在迭代时间内，但给人的感觉仍然是一大团，而迭代中各个岗位之间的合作仍然是类似小瀑布的工作方式，有依赖，有等待。郭宇飞觉得这里肯定有问题，但是一时间也没有找到好的解决办法。

这天吃晚饭的时候，郭宇飞坐着发呆。秦倩用筷子在郭宇飞面前晃晃，见他没有反应，心想：看来宇飞哥哥最近在团队中又遇到麻烦了。

秦倩夹了一块牛肉放到郭宇飞的碗里，然后清清嗓子说："宇飞哥哥，饭菜是不是不合胃口？明天我亲自下厨给你做几道拿手菜。"

郭宇飞身体一震，回过神来说："哦哦。多谢倩儿，并不是饭菜的问题，是我有事情想不通，正好你帮我参谋参谋。"郭宇飞坐直了身子，然后继续说："现在的团队已经是跨职能团队了，但是测试人员仍然抱怨在迭代最后阶段才能拿到待测功能，这是什么原因？"

秦倩一听，抿嘴笑道："原来是这件事情难住了我的宇飞哥哥啊。"秦倩又夹了一口菜，放到郭宇飞碗里后说："我问一个问题，你们现在是如何拆分用户故事的？"

郭宇飞回答："这……拆分还有什么方式？就是产品负责人先提供需求，之后我们按照熟悉的方式拆分，例如采用前台、后台、数据库这样的逻辑来讨论和分解。有时任务之间存在依赖，就需要等待；有时前后台可以并行，但通常要等到联调之后才能交给质量工程师进行测试。"

秦倩听后，笑着说："怪不得。我最近对需求拆分，或者说用户故事拆分有一些研究，宇飞哥哥听说过 INVEST 原则和纵向切片法吗？"

郭宇飞眼睛一亮，似乎抓住了救命稻草，忙说道："你快细细说来。"

秦倩回答："先把饭吃完，之后我和你详细讲讲。"

饭后，郭宇飞迫不及待地收拾好桌子，聚精会神地听秦倩讲述。

"从客户那边搜集用户需求之后，产品负责人需要将需求提炼成适合团队梳理和迭代的形式。最常见的形式是用户故事。这也是与传统需求拆分方式区别最大的地方之一。以往按照工作类型对需求进行划分，例如分为用户交互类需求、业务逻辑类需求、底层数据层面的设计需求等。不同种类的需求在业务需求背景下往往存在强依赖关系。用户故事则更注重客户的业务价值。INVEST 原则正是为了规范用户故事划分而设计的。它是由 6 个单词的首字母组成——Independent，用户故事之间尽可能是彼此独立的/低依赖的；Negotiable，用户故事不是需求文档，如果需要澄清细节，是可以进一步讨论的；Valuable，具有业务价值的；Estimable，可以估算的；Small，大小适中，能在允许的时间内完成（可以是 1~2 天，也可以是团队速率的百分比）；Testable，可以测试的。"

郭宇飞挠了挠头，问道："嗯，这些原则我听明白了，但具体怎么操作呢？我还是有点摸不着头脑。"

秦倩笑着说："宇飞哥哥还挺务实。别着急，这就举个例子。"

"如果把传统的需求拆分方式比作水平切片，那么按照 INVEST 原则拆分用户故事，就是垂直切片。"

说着，秦倩拿出纸笔，画了一张垂直切片与水平切片的对比图（见图 27-1）。

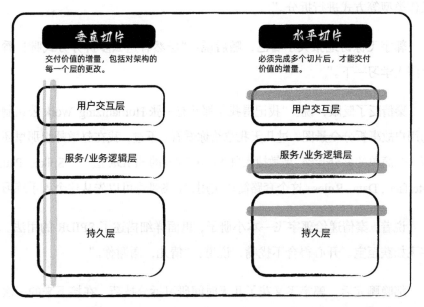

图 27-1 垂直切片与水平切片的对比（资料来源：humanizingwork 网站）

郭宇飞看着图，眼睛睁得更大了，说："哦。原来是这样。"

秦倩接着说："例如，一个内容创作网站允许用户在网站上发布新闻，同时提供访客浏览及编写评论等社交功能，那么，按照垂直切片的方式，宇飞哥哥要怎么拆分？"

郭宇飞盯着图，思考了一会儿，然后说："可以这样拆分：作为内容创作者，我可以创建并发布没有评论区的新闻；作为内容创作者，我可以发布带有评论功能的新闻；作为内容创作者，我可以发布带有点赞功能的新闻；作为新闻浏览者，我可以分享自己喜欢的新闻到社交平台……"

秦倩笑着说："宇飞哥哥，你掌握得挺快呀。你刚才的拆分方式就是按照业务功能进行的垂直切片。这里每个部分都可以独立开发，互不依赖。当然，要做到这一点，需要团队从前台到后台的全栈支持。此外，还可以按照业务规则、工作量、业务的简单或复杂程度、不同的数据、输入数据的方式、操作类型等方式进行拆分。"

郭宇飞惊讶地张大了嘴巴，随后说："居然有这么多拆分方式呀！看来要深入学习一下。"

秦倩眨了眨眼，说："我记得我爹那儿有一张 Humanizing Work 公司制作的用户故事拆分全景图，过几天我拿给你看看。不过，我在赵敏师姐那里还听到一个简单的拆分套路，是敏捷大师 Mike Cohn 的 SPIDR 法——Spikes、Paths、Interface、Data、Rules。这个套路简单实用，宇飞哥哥可以先从这个入手练习。"

说着，秦倩递给郭宇飞一本小册子，里面详细描述了 SPIDR 的用法。郭宇飞如获至宝。开心得合不拢嘴，说道："倩儿，谢谢你。"

那晚聊完后，郭宇飞又花了几天时间研习拆分技巧。在接下来的一次团队需求梳理会上，他引导团队和产品负责人实践了需求拆分方法，团队成员直呼原来还可以这样拆分需求。

郭宇飞感触颇深，心想：将需求转换为适合团队的用户故事还是需要一定功力的。产品负责人从用户那里搜集需求后，需要将需求转换成大小适中的用户故事。如果拆分后的每个用户故事都可以独立交付，那么团队可以根据市场要求和团队产出速率，选择合理的子故事来分批次完成。这样不仅提升了团队的交付效率，还增强了团队应对突发事件的能力。这些独立的用户故事在迭代结束时都可以为客户带来价值。真是一举两得。

想到这里，郭宇飞激动地写下敏捷秘籍，放入漂流瓶，随手发布于敏捷江湖。

需求管理秘籍

运用INVEST原则，解耦需求间依赖。聚焦用户价值，释放团队效能。

迭代计划篇

第28章　祁云天：目标愿景要对齐，行动计划来落实

作者：黄鹏飞

天刚蒙蒙亮，祁云天就已经起身，独自坐在丹鼎院的庭院中发呆。这时，他的父亲，丹鼎院的院主祁梁，注意到了他的异样，便问道："云天，怎么今天这么早起床，还一脸茫然，这不像你啊。"

祁云天直言道："最近不知道干点什么好。感觉什么都想干，但又什么都不想干，没有目标。团队成员也私下跟我反馈，问我后续计划是什么，接下来做什么。能否让团队成员了解得更清楚一些。这样大家一方面方便安排时间，另一方面也能更好地投入工作。效率也能提升。所以，这几天，我就在想这件事。昨晚睡得不怎么好，起了个大早。"

听完祁云天的话，祁梁笑了一下，然后提议："云天，你能这么想，替我分担，这是好事。既然你已经起来了，就跟着我一起练功吧。我们一边练功，一边讨论，看看如何帮你解决这个问题。"

祁粱在练功的同时，继续说道："云天，还记得我们之前说过的敏捷之3355吗？今天，我们主要来看看这里的第二个'3'。"

听到祁粱的话，祁云天瞬间精神振奋，认真听了起来。

祁粱继续说道："这里的第二个'3'，是指《Scrum 指南》中的 3 个工件，分别是产品待办事项列表、Sprint 待办事项列表和增量的 DoD。一个团队要想提升运转效率，首先应清楚目标，也就是知道自己要干什么，想干什么。如果目标不明确，就会陷入迷茫，导致做也不是，不做也不是。很多时候，我们的目标其实是比较清晰的，就是在规定的时间内做完某项任务。我们之所以感到迷茫，通常是因为我们自己不知道如何梳理和管理这些目标。感觉无从下手，分不清轻重缓急。那么，如何梳理和管理目标，然后转化为具体的计划呢？这正是我们需要关注的重点。"

听完祁粱的这番话，祁云天停下了手中的动作，坐在一旁，一边看着祁粱练功，一边认真地听祁粱讲解。

"产品待办事项列表，即从产品视角出发的需求清单。我们可以把想做的事情、需求、目标都列在上面，并进行优先级管理。针对每个需求，都需要描述其带来的外部价值，并由产品负责人维护，包括增删及优先级排序等。这种方式的好处是：一方面，便于后续规划，另一方面，使我们的产品透明化，可以进一步提升团队的效率。当你想做时，直接看这幅图（见图 28-1）就可以了。"

祁粱接着说道："Sprint 待办事项列表，来源于前面说的产品待办事项列表，由团队评估和选择产品待办事项列表中的哪些内容可以放入 Sprint 待办事项列表。关于产品待办事项列表和 Sprint 待办事项列表的区别看这张图（见图 28-2）。首先，对本次迭代的内容做价值估算。此时产品负责人和研发团队成员都需要参加。产品负责人从产品的角度说明该用户故事的商业价值，而研发团队成员则负责从技术实现的角度说明该用户故事的开发时间。最后，通过综合对比和评估，得出本次迭代周期内需要解决的故事，从而形成本次 Sprint 要完成的内容。通过评估，确定用户故事的优先级，并将优先级高的需求放在 Sprint 待办事项列表中。整个过程规范有序，目标明确。完成这些工作后，针对这个迭代列表，先制订相关的开发计划，然后开发完成相关功能。"

XXX-Product Backlog

产品负责人/Product Owner：

Scrum Master：

团队成员/Team Member：

序号	需求提出者	用户故事	Backlog类型	优先级	功能性/非功能性	备注
1	小明	根据订单号查询商品商家	新需求	70	功能性	
2	小明	显示界面出现乱码	Bug	100	功能性	

图 28-1　产品待办事项列表

	产品待办事项列表	Sprint待办事项列表
详细程度	比较详细	非常详细
估算单位	故事点	小时
文档归属	产品负责人	开发团队
更新频率	一次/周	一次/工作日
持续长度	整个项目周期	一个Sprint
文档名	产品待办事项工作簿	Sprint待办事项工作簿

图 28-2　产品待办事项列表和 Sprint 待办事项列表的区别

听到这里，祁云天快速说道："您的这番话令我茅塞顿开。我瞬间明白了这个 Sprint 待办事项列表的重要性。它确实可以让我们的迭代目标更清晰、更聚焦。"

祁粱笑了一下，继续说："虽然清楚了 Sprint 待办事项列表，但还需要清晰定义迭代内容完成的标准。没有这样的标准，团队成员对于任务完成的质量就没有统一的认识。团队成员可能会对你的工作成果存在各种不满和理解偏差，同时带来困扰。因为这些标准还只是你个人的认识，而不是与团队和利益相关者达成共识的结果。每个人对标准的认识并没有统一。"

听到这里，祁云天沉思了一会儿，然后问道："那我们应该怎么做，才能让团队成员统一认识标准并顺利开展工作呢？"

祁粱从容地回答："很简单，可以通过我们完成的最后一个工件来体现——可交付产品增量，即 Sprint 结束后可对外发布的产品功能增量部分。此时我们需要关注其是可工作的软件功能增量，同时在 Scrum Review 会议上进行展示。在敏捷开发中，常用 DoD 来表示工作是否完成。当两个或更多的人共同参与一项任务时，"团队"就形成了。此时，我们要做的最重要的事情是设定和统一团队的期望值。在这里，期望值就是"完成标准"。我们每次的增量产品都应有对应的 DoD，以确保团队标准、理解的一致性和规范性。一次迭代结束后，团队要进行验收，以确定本次迭代的任务是否完成。但每个团队成员对于是否完成可能有不同的看法，有的认为编码完成就表示任务完成了，有的认为需要简单自测一下，确保功能正常，有的认为需要完成自动化测试才算完成。

首先，我们要明白，所有的 DoD 都不是一成不变的。随着时间的推移、经验的积累、成员的变更、项目的变更，DoD 也会有很大的不同，所以，我们需要定期检查和改进。为了避免这个问题，我们需要形成一套自己的完成标准。针对这个具体的标准，团队相关人在制订计划之前需要定义清楚，以便团队能够顺利开展工作。听完这些，你现在对整体流程是否有了更清晰的认识？"

祁云天站起身，走了两步，对祁粱说："现在我明白了。这样一套组合拳下来，我们对于当初要做什么，怎么做，以及做成什么样，都很清楚了。这个过程是动态和透明的,不仅可以提升工作效率,还能更好地安排和管控计划。"

祁粱笑着说:"你说得很对,这个世界上没有一种方法能解决所有问题。不怕困难多,就怕心态懒惰。面对困难,我们总是要先迈出第一步,尝试去解决。在尝试中总结经验,不断优化和突破自己,这样才能深入地认识敏捷,更好地实践敏捷,提升团队效能,为团队增加价值。目标要明确,计划要落实,同时也要懂得梳理和管控,化繁为简,承诺的事情就要尽可能做到。做事如此,生活如此,人生亦如此。"

说完,两个人都笑了。

此时,太阳升起,新的一天开始了。

第 29 章　郭宇飞：输入输出早定义，产品上线迎高峰

作者：王英伟

"天泽真经游戏"已经上线多个版本，并且主线故事情节也在不断迭代更新。然而，最近在迭代评审会上，郭宇飞注意到业务部门对研发团队交付的功能越来越不满意，甚至多次拒绝研发团队的迭代交付。面对日益紧张的部门关系，作为团队管理者的他，整日眉头紧锁，感到束手无策。

近日，天仙阁阁主宫筱庆祝九十大寿，郭宇飞作为天泽观的核心弟子，受邀参加庆典。为了此次庆典，天仙阁特意开辟了集市，供参会宾客游玩与购物。由于天仙阁历代都有散修出身的长老，他们的武功颇具特点，因此集市上经常会有不识货的摊主出售几百年前的秘籍或者心法。郭宇飞趁着这次机会，希望在集市上有所收获。

到达天仙阁集市不久，郭宇飞在一个摊位上发现了一本古书，书名为 *Sunflower User Manual*（《向日葵种植栽培技术指南》）。因为这本书是用撒克逊语言写的，所以很多人没有仔细看。由于郭宇飞幼年时曾到撒克逊游历，因此他认识这种文字。当他随手翻阅时，意外发现这本书是 150 年前天仙阁不败大师的武功秘籍。郭宇飞赶忙向摊主买下这本书。

回到住处，郭宇飞关上门，开始仔细阅读。书中提到：作为一门武功，最主要的就是招式和威力，所以，每一招如何开始，如何结尾十分重要。秘

籍的每一页都使用同样的模板进行演示。为了达到预期效果，每一招的开始和结束动作都有严格的规定。

读到这里，郭宇飞突然领悟：如果团队在开发每个新功能之前就能定义好输入输出条件，是不是就能更顺利地交付上线？

想到这里，他高兴地把这个想法告诉了秦倩。秦倩说道："你提到的软件开发方法，我在参加东华胜州 DevOps 社区江城峰会时，似乎听社区的掌门人磊磊说过，好像叫 DoD 和 DoR，等我找找当时的资料。"

10 分钟后，秦倩打开了一份名为《守望者》的电子读物，其中一篇文章提到如下内容。

DoR：Definition of Ready 的缩写，指的是团队在进行 Sprint 开发之前需要准备好的一系列准入条件。

DoD：Definition of Done 的缩写，是一个可交付产品的准出检查清单，为 Sprint 交付的软件定义明确的质量标准。

结合整个软件开发生命周期，每个阶段都可以定义自己的 DoR 与 DoD，如图 29-1 所示。前一个阶段的 DoD 是后一个阶段的 DoR 的子集。

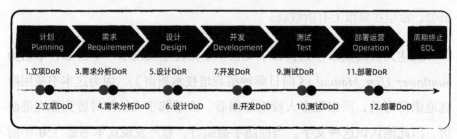

图 29-1　每个阶段的 DoR 与 DoD

除了在每个阶段定义 DoD 与 DoR 以外，开发过程中也可以为每个工作项定义 DoR 与 DoD，如图 29-2 所示。

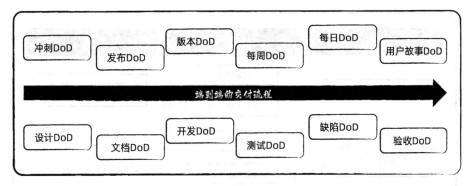

图 29-2 每个工作项的 DoR 与 DoD

武功讲究的是心法与招式的结合，唯有此才能天下无敌。软件开发则讲究的是流程与工具的相互配合，唯有此才能占领市场，获得成功。《守望者》电子读物的编辑芳芳女侠也总结了如何把 DoD 与 DoR 融入流程工具的软件开发流程与工具全景图（见图 29-3）。

后来，郭宇飞把 DoD 与 DoR 的概念应用到"天泽真经游戏"项目的开发过程中，成功地按时验收每次迭代的新功能，使"天泽真经游戏"产品又吸引了一批新用户。

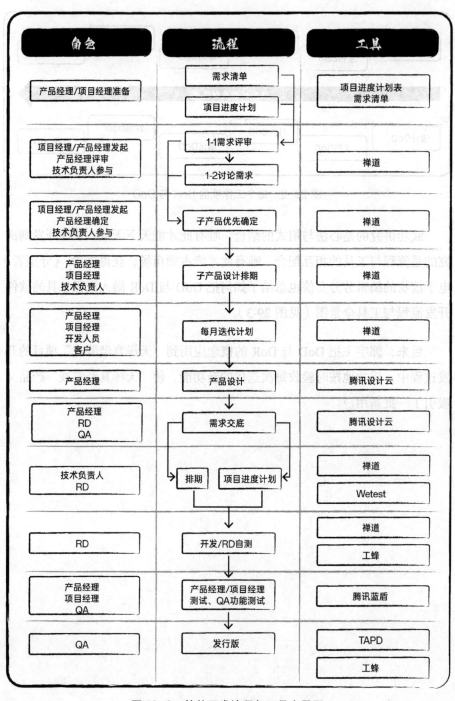

图 29-3 软件开发流程与工具全景图

第 30 章　俞邦风：ATDD 拆分用户故事，大小灵活可变

作者：王东喆

自从郭宇飞和项目研发团队开始运用 INVEST 原则及各种需求拆分技巧对进入迭代的用户故事进一步拆分后，团队成员感受到了明显的变化。然而，有时用户故事仍然过大，无法在一次迭代中完成。郭宇飞虽然反复研习秦倩分享的秘籍，但仍然没有找到解决问题的头绪。

这天傍晚，郭宇飞坐在河边发呆，突然感觉背后有一股劲风袭来。他顿时警觉：来者是高手，其速度之快、轻功之好，武林中少有人能及。待那人快靠近时，郭宇飞突然转身，顺势抓住对方的手，用一招"四两拨千斤"将来人按倒在地。定睛一看，原来是白云轩的俞邦风前辈。郭宇飞赶忙收手，双手搀扶。俞邦风噘着嘴，弹开郭宇飞的手，一个鲤鱼打挺坐了起来，说道："笨小子，本来想和你玩玩，谁知道你这么认真，没意思，不好玩。"

郭宇飞连忙拍拍俞邦风身上的尘土，恭敬地说："前辈，是我不好。请恕罪。"

俞邦风看着郭宇飞，眯着眼睛说："傻小子，我看你坐这儿发呆有一会了，是和那个丫头吵架了吗？我去和她爹说说，让她别总是欺负老实人。"

郭宇飞连忙解释道："多谢前辈关心，不是秦倩惹的。最近项目中的事情有些困扰晚辈。"

俞邦风笑着问道："'天泽真经游戏'项目吗？说来听听。这可是最近江湖上的热门话题，没准我能帮上忙呢。"

郭宇飞便把用户故事过大的情况说了一下。俞邦风听后说："你这个情况挺普遍的。你现在用什么方式拆分用户故事？"

郭宇飞忙说道："秦倩推荐了一些方法和规则，例如，SPIDR、垂直切片拆分、Richard Lawrence 三步拆分法等。"接着他又介绍了团队最近的实操情况和遇到的痛点。

俞邦风听完思索了一会儿，随后说："我混迹敏捷江湖这些年，见过不少团队，他们用各种方法来应对这个问题。其中一种方法的效果，我觉得最好。看在咱俩多年交情的份上，今天和你说说。"

郭宇飞睁大了眼睛说："多谢前辈，晚辈愿闻其详！"

俞邦风顽皮地笑道："可不能白听。说完你得陪我喝酒。"

郭宇飞忙点头，说道："没问题，前辈。好酒好菜都会准备上。"

俞邦风满意地点点头，正襟危坐，说道："你们团队知道验收标准（Acceptance Criteria，AC）这个概念吗？"郭宇飞点点头。

"我要说的这种方法就是围绕这个概念展开的。参考测试驱动开发（Test Driven Development，TDD）的思路，有一种基于 AC 的方式叫作 ATDD（Acceptance Test Driven Development，验收测试驱动开发）。TDD 倾向于研发侧，关注每个函数的验收标准，而 ATDD 则倾向于业务侧，因为验收标准针对的是用户故事的价值体现。ATDD 和 TDD 类似，不仅是概念，更是一个需要练习的过程，是对业务价值的一次深入探索。通过 ATDD，团队能够更深入地理解需求，并探索需求的不同层次和深度。"

郭宇飞瞪大了眼睛，急忙问道："前辈，我头一次听说 ATDD。能否举一些实际案例？"

俞邦风解释道："例如，一个需求是：在移动互联网背景下，老师需要向学生开展网络授课，并结合在线会议应用，提供流畅的在线课程体验。这样就不需要受限于地理位置以及其他情况，老师可以随时随地完成高质量的教学工作。你要如何拆分？"

郭宇飞思考后回答道："可以粗略划分为两个方面：一方面是当前学习平台要提供配置在线会议应用的功能，例如，API 调用的配置信息；另一方面是实现在线学习过程和在线会议应用的集成，例如，在所有通知/提醒中嵌入会议链接信息，让学生和老师可以随时加入课程，系统中也可以直接跳转并打开在线会议应用，进行线上教学活动。"

俞邦风笑道："你觉得团队可以在一次迭代中完成这两个 AC 吗？"

郭宇飞回答道："肯定不能。我们对在线会议应用的 API 不熟悉，而且这两个 AC 太粗略了，细节很多，很难在一次迭代中完成。"

俞邦风说道："那么，如果按照刚才提出的两个 AC，我们只做其中一个呢？"

郭宇飞思考后说道："只做其中一个倒是可以，但这样无法交付一个有价值的功能，必须等第二个 AC 也实现后才行。不过，这样就要再等一次迭代。这就违反了我们每次迭代都能够交付价值的初衷——每个用户故事都要尽可能交付有价值的客户需求。"

看着思考的郭宇飞，俞邦风乐呵呵地说道："看你平时呆头呆脑的，现在的敏捷思路还不错，秦倩没少点拨你呀。当你感觉用户故事很大时，则说明 AC 也很大。这时你可以尝试拆分 AC。这会让我们切换到用户视角来思考问题，而不只是开发视角。所以，如果是我，针对上面这个用户故事，我会按照这张图（见图 30-1）来尝试。"

序号	Given	When	Then
1	在线会议的链接已经被手动粘贴到课程信息中	作为学生,当收到课程通知E-mail时	可以点击链接加入在线会议应用,以便上课
2	在线会议的链接已经被手动粘贴到课程信息中	作为学生,当在个人学习平台首页的课程日历中找到对应的课程记录时	可以点击日历中的在线会议链接,打开在线会议应用,参加课程
3	管理员登录学习系统后台	当打开在线会议配置页时	可以将在线会议应用的信息配置到学习系统中
4	老师在学习系统中创建自己的课程信息	当选择创建网课类型的课程时	学习系统会创建课程并自动获得在线会议应用的链接,并加入课程信息中
5	学习系统利用在线会议应用的API,生成带有在线会议信息的课程	当学生打开学习日历的课程信息页面,点击开始学习课程时	可以直接参加在线课程
6	学习系统利用在线会议应用的API,生成带有在线会议信息的课程,并将信息加入自动发送的E-mail中	当学生收到课程通知E-mail,点击正文中的在线会议链接时	可以直接参加在线课程

图 30-1 用户故事拆分

俞邦风继续问道:"怎么样?你觉得完成这几个 AC 需要经历几次迭代?"

郭宇飞挠了挠头,思考后说道:"1 和 2 可以放到一次迭代中。如果还有时间,可以把 3 也做了。4、5 和 6 可以放到另一次迭代中。前辈,我发现,基于这种拆分方式,每个 AC 完成后都可以让现有系统继续工作,同时还能很好地拆分工作。前辈,您有什么拆分心法吗?看您信手拈来,似乎并没有什么难度啊!"

俞邦风捋捋胡子,眯着眼睛说道:"要做到上面这样,确实有一些注意事项。

- 一定是团队共创。因为不同的团队成员,知识背景不同,认识也不同。这不仅仅是一个拆分的过程,更是一个知识分享和对齐的过程。需要团队成员都参与。

- 尽量使用 Gherkin 语法:Given(前提条件),When(操作步骤),Then(验收标准),并配合当前的操作角色来描述 AC。这样不仅可以让团队始终思考业务场景,避免陷入技术细节,而且可以限定讨论范围,防止过度发散。

- 反复询问'如果需要在更短的时间来完成这个 AC，我们还能做什么调整？还需要知道哪些细节？'例如，能否在一次迭代中完成？能否在 1~2 天内完成？当团队感受到缩短时间带来的压力时，必然会进一步澄清需求，以此来减少不确定性。这时的讨论会更有创造性，也更有意义。"

郭宇飞挠挠头，接着问："前辈，您能解释一下 Gherkin 语法吗？它有什么背景？"

"哦。这个说来话长，你可以花些时间了解一下。今天只简单介绍一下。Gherkin 来自另一个概念 Behavior Driven Development（BDD，行为驱动开发）。BDD 和 TDD 的思想相似，即用一些业务方能看懂的脚本描述需求的验收标准，方便业务方和团队互相对齐对需求的理解。因为遵从 Gherkin 语法的脚本还可以在 Cucumber 等自动测试框架中直接运行，所以使用该语法时能够获得自动化验收测试的好处。BDD 是面向业务场景的高层次抽象，而 ATDD 是 BDD 中的一个场景下的细化验收标准测试。TDD 是对 ATDD 中每个具体功能的代码测试。下面这张图（见图 30-2）应该可以很好地解释这三者之间的关系。"俞邦风说着，拿起一根树枝在地上画了起来。

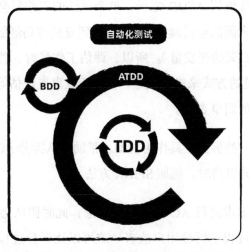

图 30-2　TDD、BDD 与 ATDD 的关系

郭宇飞聆听着俞邦风的讲解，内心充满了喜悦：这不正是我在寻找的方法吗？在进一步询问了一些细节后，郭宇飞带着满足的心情，邀请俞邦风去岳阳楼大吃了一顿。

在接下来的几次需求梳理会上，郭宇飞开始尝试使用 ATDD 来梳理一些较大的用户故事，并总结了如下心得。

- ATDD 非常适合梳理一句话需求。需求越不清楚的场景越适合通过 ATDD 来梳理。敏捷不就是为了更好地应对不确定性吗？这种方法正中下怀。

- 团队越来越不惧怕一句话需求。因为这种需求的细节少，所以团队可以放开束缚，开展头脑风暴，找到新的突破点。

- ATDD 的讨论过程也是团队彼此学习的过程。这是一个不同技术业务背景的人共创的过程。

- 相较于纯代码层面的梳理，基于业务场景的梳理更容易达成一致，也更能够跳出代码的冗繁，获得清晰的业务逻辑。

- 团队熟练使用 ATDD 之后，单个 AC 的工作量会逐渐趋于一致。这是因为团队会持续拆分 AC，直到成员感到舒服的工作量（一般为 1~2 天的开发量）。所以，评估工作量时，甚至可以通过计算 AC 数量的方式来进行度量。相较于故事点评估等估算方法，这种方法更加简单直观。

- 可以将一些拆分工具作为辅助，帮助团队拆分 AC，尤其是在缺乏好的拆分思路时，例如 SPIDR 方法。

- 始终对需求进行 AC 的列举和讨论，此时团队会不自觉地在需求澄清的过程中拆分用户故事。这可以让拆分过程更加自然。

想到这里，郭宇飞激动地写下敏捷秘籍，放入漂流瓶，然后发布于敏捷江湖。

用户故事拆分秘籍

运用ATDD来拆分用户故事，响应不确定性，需求大小灵活可控。

第31章　秦倩：基准故事和团队速率

作者：黄震

"掌柜的，来壶上好的烧酒，再切点酱牛肉！"秦倩大声喊道，同时冲郭宇飞使了个意味深长的眼神。

郭宇飞显得有些困惑，他木讷地说道："倩儿，下周我们团队就要开第一次迭代计划会议了。我现在满脑子都是用户故事，心里乱得很。你这是要我借酒浇愁吗？只怕这样会愁上加愁。"

秦倩微笑着说："那有没有一种可能，等你喝下这壶烧酒，就能醍醐灌顶，茅塞顿开呢？"

不一会儿，饭店的掌柜已笑眯眯地端上了烧酒和酱牛肉，说道："来了，郭大侠、秦少帮主，两位请慢用。"

秦倩得意地说道："宇飞哥哥，你说说刚才发生了什么。"

郭宇飞眉头紧锁，回答道："这……这不就是'点菜上菜'的过程吗？"

秦倩笑着解释："哈哈，这其实可以类比为一次网络通信。我在前端点菜，掌柜的在后端响应，然后把所点菜品返回到我这个前端。这种一来一回的数据交互就是一次基本的网络通信。哈哈！"

"啊？"郭宇飞一脸迷茫地说，"然后呢？"

"然后就能解决你关于迭代计划会议的疑惑了。"秦倩得意地说道,"宇飞哥哥,就迭代计划会议而言,你需要准备四大法宝——基准故事、估算维度、团队速率和计划扑克。刚才,你已经有了第一大法宝——基准故事!你们团队可以将包含一次基本网络通信的用户故事定义为一个故事点。"

郭宇飞一下子来了兴趣,说:"愿闻其详。"

"例如用户登录功能。"秦倩敲了敲郭宇飞的脑瓜说,"其他的用户故事只需要跟基准用户故事进行比较,得出相对的估算值,例如,是基准故事的3倍大小,那就是3个故事点;5倍大小,就是5个故事点。"

秦倩为郭宇飞斟满一杯酒,然后继续说道:"但是,为了让团队能够在一次 Sprint 中顺利交付承诺的用户故事,最好将这些用户故事的大小控制在5个故事点以内。"

秦倩又转头对掌柜说:"掌柜的,再上两个糖三角。"

"倩儿,我心事太多,吃不下这糖三角。"郭宇飞有些无奈。

"放心吧,宇飞哥哥,我自有妙用。"秦倩神秘一笑。

"对于估算,我还是不太明白。凭什么说一个用户故事就是 3 个故事点或 5 个故事点?"郭宇飞困惑地问。

"宇飞哥哥,你看。"秦倩拿起一个图 31-1 所示的糖三角。

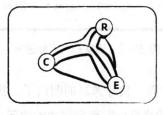

图 31-1 糖三角

随后，秦倩说道："这就是第二大法宝——估算维度。你可以从 CRE 维度来估算：C 代表故事的复杂度（Complexity）；R 代表故事的风险和不确定性（Risk & Uncertainty）；E 代表团队需要消耗的工作量（Effort）。"

郭宇飞疑惑地问："倩儿，那我在第一次迭代计划会议上应该规划多少个用户故事？"

"这个就要看团队成员的能力了。在产品负责人讲解和澄清需求，团队成员充分估算和讨论后，团队会承诺在下一次 Sprint 中交付多少个用户故事。这些用户故事的故事点总和是第三大法宝，即预测'团队速率'。"秦倩偷笑道，"告诉你一个秘密，一般来说，规划 5~10 个用户故事比较合适。"

"经历过 3 次 Sprint 之后，你可以计算一下这 3 次团队速率的平均值，这样就可以得到团队的'实际速率'（见图 31-2）了。"秦倩继续解释。

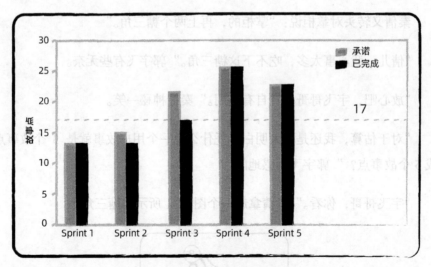

图 31-2　团队的"实际速率"

"倩儿，听你这么解释，我好像真的明白了。我是不是要先和团队演练演练，让大家知道其中的规则？"郭宇飞边吃边问。

"没错。作为 Scrum Master，你需要把敏捷的价值观、原则、方法论和最佳实践与团队共享,并达成共识。"秦倩笑着说,"宇飞哥哥,你方才说你满腹工作无心干饭,这说话间你可是把酱牛肉和糖三角都吃光了!"

郭宇飞挠挠头,尴尬地笑道:"倩儿,是你的点拨让我豁然开朗,胃口大开。"

郭宇飞掰着手指头,说道:"倩儿,我们是不是还差一个法宝没讲。对了,是不是计划扑克……"

"哈哈,本姑娘现在想吃海鲜大餐,我们去渔人码头,我再给你讲。"秦倩笑着说,"掌柜的,结账。"

"好嘞,秦少帮主,您是想用宏信支付还是金付宝支付?"掌柜问道。

"问他,先考考他这两种支付方式分别是多少个故事点,嘻嘻。"秦倩指了指傻乎乎的郭宇飞说道,"掌柜的,折腾你好几趟,宇飞哥哥肯定会多给你小费的,对不对,宇飞哥哥。"秦倩眨眼道。

"是的,一定。倩儿所言极是,谢谢你,倩儿。"郭宇飞感激地说道。

第 32 章　周逍遥：召开计划会时避免掉进"范围蔓延"的坑

作者：张思琪

中秋节刚刚过去，天气依旧炎热。在迭代计划会议上，团队成员就一个用户故事的实现方案吵得不可开交，会议室里的气氛紧张，温度持续上升，感觉就快要爆炸了。分歧的焦点在于，有的人觉得，要做就要把功能做得完善，无论是界面还是后台性能，都要做到尽善尽美。但是，如果追求各方面都完善，就不可能按照客户要求的时间交付产品。反之，如果按照客户的交付时间来，就只能完成一些基本功能，这样的方案略显粗糙。这对某些追求完美的技术人员来说，简直不可接受。

作为产品负责人，周逍遥听到这些争论后，镇定地说："大家想把这个需求完成得漂亮，这个想法我很理解，但这个交付的时间点是不可能改变的。交付时间是与客户多次沟通后才确定的。他们特别强调了时间的紧迫性。大家把解决方案修改一下，我们在性能上不需要这么快，因为目前的用户数量并不多。另外，界面也应该尽可能简单实用，满足基本需求就可以了。按照这个方向，大家重新估算一下所需时间。之后，如果客户有进一步的需求，我们可以考虑再完善现有方案。"

经过重新讨论和估算，团队成员终于就这个问题的解决方案达成一致。然而，当讨论到第二个用户故事时，新的分歧又出现了。这次是团队内部意见一致，都反对周逍遥把这个用户故事纳入本次 Sprint 中。通过对用户故事进行拆分和估算，大家发现，按照目前的情况，按时交付存在风险。即使只开发基本功能，项目实施过程中也不允许团队出现任何失误，否则将无法按时交付。团队成员对此感到非常担忧。

看到大家如此焦虑，作为 Scrum Master 的郭宇飞果断站了出来。他对周逍遥说："周师叔，现在的情况您也看到了。根据目前的估算，我们在这次 Sprint 中完成交付是非常吃力的。如果强行把这个用户故事放在这次 Sprint 中，不能按时交付的风险很大。我建议把交付时间推迟到后面的 Sprint。您认为如何？"

周逍遥捋了捋胡子，寻思着：这个用户故事是前几天客户在电子邮件中提到的，他们似乎要得很急，希望能在下下周上线。他抬头看到团队成员期待的目光都聚焦在自己身上，于是清了清嗓子，说道："我已经注意到了这个问题。这个用户故事是客户在电子邮件中提到的，似乎很紧急。但是，我还没有和他们沟通具体情况。既然团队反对，那么我需要和客户开个沟通会，然后再做决定。你们可以继续讨论其他问题。"迭代计划会议得以顺利进行。

下午，团队收到客户沟通会的结果：客户同意延期交付。

郭宇飞悄悄跑到周逍遥面前，竖起大拇指，说道："周师叔，您最近在敏捷项目上的表现可以打满分，咱爷俩儿小酌两杯？"

"臭小子，啥时候轮到你评价老头子我了？……晚上准备好 10 坛好酒！咱们不醉不归，哈哈。"说完周逍遥便大步离去。

郭宇飞笑眯眯地望着周逍遥的背影，抑制不住心中的喜悦，赶紧把迭代计划会议上发生的故事讲给秦倩听。

秦倩听后感慨道："一年多的敏捷项目历练，让产品负责人、Scrum Master 和团队成长了很多。恭喜你们成功地处理了范围蔓延的问题。我给你详细介绍一下范围蔓延？"

郭飞宇说道:"倩儿,太好了!洗耳恭听。"秦倩娓娓道来。

范围蔓延是指在系统项目进行期间,不期望的需求逐渐增加。造成范围蔓延的原因主要有两个:一个来自团队内部,另一个来自团队外部(如高层、客户、发起人或其他干系人)。

团队内部原因导致的范围蔓延通常被称为"镀金",而团队外部原因导致的范围蔓延则被称为"范围潜变"。

镀金往往是研发人员为了"讨好"客户而进行的,这些活动不解决实际问题,也没有应用价值。研发人员可能会在产品中添加一些需求说明中没有提到的功能,并认为"用户肯定会喜欢"。然而,用户通常并不关心这些额外的功能,因此在这方面花费时间纯粹是浪费资源。研发人员和需求分析人员不应擅自添加新特性,而应该把创意和备选方案提交给客户,让他们做决定。研发人员应该力求简洁,而不是自作主张地超越客户的需求。

客户经常强调那些看起来很酷,但对产品没多少实际价值的用户界面特性。开发任何功能都要耗费时间和金钱,因此应该确保这些投入能够产出最大的价值。为了避免不必要的镀金,团队应该追溯每项功能的来源,弄清楚为什么添加该功能。在收集需求时,采用用例方法有助于集中考虑可实现商业任务的功能需求。

范围潜变是指客户不断提出小的、不易察觉的范围变更,如果不加控制,这些变更累积起来可能导致项目严重偏离既定的范围基准,进而失控和失败。常见的例子是,在团队成员向客户做演示的评审会上,客户可能会提出很多改进建议或意见,甚至新的想法。这时,团队成员需要与产品负责人和客户一起讨论,评估这些修改意见是不是有必要,它们的价值在哪里,以及它们的优先级如何。

使客户满意的核心原则之一是"谨慎承诺,交付更多"。如果我们过度承诺而交付不足,最终会导致客户失望和不满。客户不满可能会带来更多的客户投诉和客户流失。

为避免过度承诺，并建立一个满意的客户基础，所有直接与客户打交道的团队成员都应遵循一定的规则或策略。以下 3 个策略可以避免过度承诺。

- 保持内部沟通畅通。

- 与客户沟通他们的期望。

- 对进展情况保持透明。

第 33 章　刘雁依：灵活调整优先级，高效利用资源和时间

作者：刘陈真

月色朦胧的夜晚，渡真门的吴掌门坐在大厅中，他的眉宇间透露出一丝浊气，显然被某些事情所困扰。

"掌门，您差人找我来有何吩咐？"吴掌门抬头望去，有门派智多星之称的刘雁依已经来到跟前。他的一双大眼睛炯炯有神。

"你瞧，这是范长老带领团队整理的'武林至尊 2.0'游戏的需求列表。相对于 1.0 版本，这次我们面临时间短、压力大、资源紧张的问题。最近，团队开始尝试采用敏捷 Scrum 方式进行开发，希望能尽快将新产品推向市场。明天团队要开迭代计划会议，我心里没谱。"吴掌门边说边从袖中拿出厚厚的一沓纸，上面密密麻麻地列满了需求。

刘雁依接过来，仔细翻看后，思索片刻，然后对吴掌门说："高效计划的关键技巧之一就是合理制定优先级。确定优先级是项目计划的重要过程，也非常考验团队的决策取舍能力。项目的资源和时间总是有限的，而灵活调整优先级可以帮助团队充分利用现有资源，聚焦最重要的事情，从而高效地实现既定目标。"

"说来听听。"吴掌门满怀期待地看着刘雁依。

刘雁依微微一笑，说道："关于需求优先级的排序，高人 Mike Cohn 曾提出我们必须考虑 4 个影响因素——价值、成本、新知识和风险（见图 33-1）。我们可以尝试用提问的方式来启发思考。"

价值	成本	新知识	风险
这个需求对核心指标的贡献程度如何？ 需求目标用户与产品核心用户匹配吗？ 需求是否与产品定位匹配？ 需求价值如何判断，又如何量化？	研发、维护和运营涉及的工作量大吗？ 可能涉及变更的成本有哪些？	团队是否有相关的项目经验？ 团队是否有相关的产品知识？ 团队是否有相关的技能知识？	缺少这项功能会有哪些技术风险和业务风险？ 新增这个需求会带来哪些技术风险和业务风险？ 能按期完成吗？ 有足够的资金预算吗？

图 33-1 需求优先级排序涉及的影响因素

刘雁依继续说道："在 Scrum 框架中，产品负责人负责维护产品待办事项列表，并结合公司的文化、愿景和战略目标来完成产品规划路线图。新需求以用户故事方式加入产品待办事项列表，产品负责人会参考上面提到的几个因素，初步排序优先级。

首先，我们可以考虑价值和成本的关系，优先处理价值高、成本低的需求；然后，考虑到产品学习成本和风险因素，如果某个需求涉及新的界面设计，而我们对用户喜好尚不确定，为了减少后期的改动风险，可以考虑提前开发这一需求，并通过迭代方式尽快获取用户反馈，所以这个需求排期要靠前。

需要注意的是，业务视角与项目实施视角的优先级有时候会存在差距。理想情况下，我们应按产品待办事项列表的顺序从上到下实施。但是，在实际开发过程中，业务和项目环境变化迅速，所以团队在每次迭代时都应该花时间快速重新审视优先级。"

吴掌门皱着眉问道："我们应该如何做？"

刘雁依微微一笑，为吴掌门详细解释。

在迭代管理方面，我们还需要考虑 Sprint 待办事项列表优先级的维护。

在进行 Sprint 优先级排序时，应该结合迭代目标、产品价值与成本、版本排期及迭代任务的依赖关系等因素进行综合判断。

敏捷开发强调沟通与合作。实际上，重新审视需求优先级可能发生在多个场景中。通常，我们可以在迭代评审会上进行相关方意见的收集。相关方基于已完成的产品可能会提出新的想法，这也许会影响前期高优先级需求的排序。产品负责人可以根据相关方的反馈对下期迭代计划进行调整。

另外，产品负责人在迭代将近结束时召开需求优先级讨论会议也是一个不错的做法。例如，在迭代结束前两天召开会议。在这个时间点，基于团队当前迭代未完成的工作情况，产品负责人可以决定是否将当前迭代中未完成的工作重新调整优先级，以纳入下一次迭代。同时，建议在迭代评审会议上将这些调整建议与客户等相关方进行讨论。

如果针对以上场景，团队没有时间讨论优先级，那么也可以在每次的迭代计划会议上进行优先级讨论。产品负责人应充分收集团队成员对技术需求及依赖等的建议和反馈，并与团队合作，共同调整需求的优先级。

听完刘雁依的介绍，吴掌门的眉头渐渐舒展，他点头称赞道："原来如此！难怪长老们都夸你总能把事情安排得井井有条，做事游刃有余。"

刘雁依眨眨眼，继续说道："根据我的经验，这里有几个实用的小提示。第一，需求优先级排序的数据尽可能可视化，将主观拍脑袋做决定转变为依据客观数据做决定。第二，团队需要确定优先级评价的维度和标准。江湖上各大门派都有关于优先级排序方法的秘籍。团队可以根据自身产品的背景、定位和阶段，参照一种或多种模型工具来进行需求优先级排序。有了标准，才能有依据，有的放矢。第三，与团队和客户保持紧密合作，目标对齐，对优先级的理解应该达成一致。"

吴掌门长吁一口气，心中暗自庆幸提前了解了需求优先级排序的小技巧，对未来决胜江湖又增添了一份信心。

第 34 章　上官泓：及时正向反馈，激励团队认领挑战任务

作者：方正

这日，郭宇飞独自走进一家饭店，默默地喝着闷酒。突然，有人叫他的名字。

"宇飞哥哥，宇飞哥哥。"

听到有人喊自己，郭宇飞扭头看了过去，发现是秦倩在向他挥手。

"你这是怎么了？愁眉苦脸。是我上次教你的团队速率算不出来吗？"秦倩一边打趣，一边笑呵呵地看着郭宇飞。

郭宇飞回答道："这事儿说来话长。你教我的基准故事和团队速率估算都进行得很顺利，大家也基本熟悉了自己的职责。但是，最近项目进入了中期阶段，工作变得复杂起来。"

秦倩面带笑容地说："这不挺好的嘛，大家都已经步入正轨了。"

郭宇飞叹了口气，接着说："可能是因为大家习惯了之前的工作内容，现在对于一些具有挑战性的任务，都有点抗拒。对于一些原有模块以外的工作，大家也不太愿意主动领取，但自己做不完的部分，又不愿意分出去。这让我在需求会议上感到很尴尬，最后只能硬着头皮把任务安排下去。"

郭宇飞抿了一口酒，继续说道："更糟糕的是，方可施向我抱怨，说这

个模块需要周云鹏这样的专家才能搞定，不明白怎么安排给她了，她手头上已经有很多其他工作了。"

"最气人的是，大家嘴上都说自己很忙，但一到下班时间，一个人影都见不到。我还指望着迭代速度稳定后，大家可以提升吞吐量呢。"郭宇飞再次长叹一声。

秦倩刚要开口，旁边桌的一位老者插话道："郭宇飞啊，你这可就不懂了。像方可施这样的年轻人，贪吃爱玩，你就请她吃顿饭，下次领任务时她就没问题了。至于像周云鹏那样的技术专家，你可以安排他与其他队员结对编程，他肯定很乐意，哈哈。"

老者似乎想逗逗郭宇飞，又继续说："如果实在不行，你就现场抽签，谁抽中了谁做。那就没什么好抱怨的了。虽然抽中的人可能会不高兴。哈哈哈。"说完，他又大笑起来。

郭宇飞听得入神，觉得老者说得头头是道。秦倩拉了拉他，轻声在他耳边说道："宇飞哥哥，这位是上官泓，敏捷开发的老前辈，快去请教他。"

郭宇飞机灵一动，端着酒壶就去找上官泓："上官前辈，请您赐教。现在我的团队缺乏活力，大家都不爱认领一些具有挑战性的任务。"

"宇飞啊，刚才和你说的可不是逗你玩，那可都是实打实的技巧，非常好用的方法。不过，针对价值观的导入，肯定是要让大家发自内心接受才行。"上官泓说道。

上官泓接过酒壶，不自觉地喝了起来，继续说道："在平常项目中，可以通过定期的分享会，让那些攻坚的团队成员传授经验，增强他们在团队中的技术领导力。同时，通过表彰会鼓励那些勇于探索新领域的团队成员，提高他们的知名度。核心就是激励团队，及时给他们正向反馈，让他们明白，勇于挑战，不仅能提升个人能力，还能得到大家的认可。"

"还有，你别看我们的团队在开项目会议时大家表情严肃，实际上我们团队对新想法始终保持开放的态度。哪怕尝试失败，我们也不会相互责怪。而是一起讨论失败的原因，下次如何避免。"上官泓带着自豪继续说道。

郭宇飞听得入神，也不自主地端起酒杯喝了起来。

"上官前辈，原来这背后还有这么多诀窍，我可从来没听过。"

上官泓继续说道："针对你们团队，我也有所观察。像周云鹏这样的技术专家，次次一上来就聊技术能力，一点都不拿版本目标当回事儿。下次要是再这样，你可要好好管管他。这也太不尊重慕容公子提出的产品方案了。"

"还有，那个'振兴东华胜州'项目的核心认证模块，你不能指望周云鹏一个人全消化。这个老顽童总是吃喝玩乐，四处旅游，万一哪天他请假去旅游或宿醉未醒，那风险就太大了。你可以让他当个顾问，同时培养新人，这样的话，大家都能参与进来。你就和他说，教会了别人才让他请假去旅游。"

半斤酒下肚，郭宇飞稍有醉意，更起劲了，说道："好，就照您说的办。我回去就给团队的成员说说，改变下他们的想法。"

"诶，宇飞啊，人可不是用来改变的，你也改变不了任何人。你要做的是引导他们，通过你的行为去影响他们，让他们做出更好的选择。"上官泓轻轻地拍了拍郭宇飞的肩膀，说道，"你要学的还多着呢。这桌酒菜就当作你的学费吧。"上官泓一边大笑，一边朝大门走去。

郭宇飞更迷糊了，听了这么多，他意识到自己之前尝试改变团队的想法是错误的。一时间，他陷入了沉思。

……

秦倩看到郭宇飞有些醉意，担心他可能会倒在饭店里，于是趁他还能站起来，赶紧结账，然后扶着他离开了饭店。

第 35 章 紫衣：做好项目风险管控，功能迭代没有意外

作者：朱婷

随着各大王朝征战不断，各行各业受战争的影响日益加剧，民众的内心焦虑也在不断上升。为缓解民众的心理压力，引导民众正确地释放内心的焦虑，天泽观计划在其现有产品"天泽真经游戏"中加入一个新的游戏分支。该分支的主要目的是让玩家充分表达自我，释放压力，以缓解内心的焦虑。

然而，在游戏支线的迭代过程中，研发团队发现完全不是这回事儿。两名研发人员因为降薪后无法支付房贷，导致断供，最后辞职回老家发展。另外，新功能与"天泽真经游戏"的主线故事情节依赖较为严重，导致需求拆分不彻底，发布时间也因此多次推迟。

这些问题一直困扰着郭宇飞。为了恢复自己的状态，他决定休两周年假，进行一次徒步旅行。在旅行中，他偶然进入了一个山谷。在山谷中他遇到了天泽观前观主峰潇潇的后人。在听了他们的诉说后，郭宇飞揭开了一段尘封的江湖往事。

百年前，天泽观的观主是峰潇潇大侠。据传，峰潇潇一生孤苦，因一场江湖恩怨，最终与妻子紫衣一起殒命雁门关悬崖。但真实情况是，当年紫衣与峰潇潇跳崖之前，他们早已通知紫衣的师祖逍遥帝君在悬崖下面接应。最终，逍遥帝君成功将他们救下。

历经那场风波之后,峰潇潇和紫衣恍如隔世,他们的生活发生了巨大的变化。峰潇潇意识到自己的身份特殊,他不想重返东华胜州腹地,也不想再回漠北草原。在逍遥帝君的建议下,峰潇潇和紫衣选择在长生谷底过上了宁静的田园生活。

听完峰潇潇后人的诉说,郭宇飞恍然大悟:紫衣不正是通过提前进行风险管理,才能在面对人生的不可控因素时从容面对,最终成为人生的赢家吗?

郭宇飞连夜赶回天泽观,请教师父秦掌门,询问江湖中是否有风险管理方面的高手。秦掌门手捻胡须,眯着眼睛,半响才说:"历数江湖的往事,我记得在传统项目盛行的时期,各派都会招揽江湖人士进行全面的风险管理,如风险的识别、分析、应对策略、监控管理等。听说用到的秘籍有风险登记册(见图35-1)、风险影响与概率矩阵(见图35-2)等。"

编号	名称	发生概率	风险影响	风险级别	应对策略	预防措施	应急措施	责任人	追踪要求
1									
2									
3									
4									
5									
6									
7									
8									
9									
10									

图 35-1　风险登记册

风向影响	风险概率				
	1	2	3	4	5
1	1	2	3	4	5
2	2	4	6 **C**	8	10
3	3	6	9	12	15 **B E**
4	4	8	12	16 **A**	20
5	5	10 **D**	15	20	25

图 35-2　风险影响与概率矩阵

"可如今在敏捷项目的领域中,似乎很少有人提起'风险'二字。难道那些擅长风险管理的江湖人士都已经隐姓埋名,选择了隐居?"郭宇飞问道。

"呵呵,当然不是。只不过现如今,我们在实施敏捷项目时吸收了风险管理的精华,将其融入各项实践活动中,真正做到了手中无剑似有剑。"秦掌门笑着说。

"那我们都是怎么做的?"郭宇飞追问。

"宇飞,还记得我们敏捷项目的几大招式吗?"秦掌门反问道。

"当然记得。包括需求梳理会、迭代计划会、每日站会、迭代评审会和迭代回顾会。"郭宇飞不假思索地回答。

"那我问你,在需求梳理会上,大家会梳理和讨论需求,但是具体讨论的是什么?在调整优先级排序时,应该考虑哪些要素?"秦掌门发出两连问。

"嗯,在梳理需求时,讨论的当然是需求本身。"郭宇飞如实回答。

"回答得对,但也不对。在需求梳理会上,团队固然要讨论需求本身,需要弄清楚需求的场景、功能描述、商业价值或目的。此外,比较重要的就是验收测试要点,以此来确保正确完成需求。这一举措就是为了降低日后的质量风险,提前达成一致。另外,在排序优先级时,除了考虑故事的商业价值、规模和明晰度以外,还要考虑哪些因素,你想过吗?"秦掌门问道。

郭宇飞挠了挠头,带着一丝困惑看着师父。

"还要考虑故事的可实现性和外部依赖。例如,一个故事的技术实现难度比较大,而且外部依赖比较强。虽然团队凭借自身能力在本次 Sprint 中也可以实现,但如果这个用户故事的上线需要其他兄弟团队的配合,而这些团队由于资源有限,最快也只能在下周安排配合工作。此时,正好可以赶上下次迭代。那么,我们在制订迭代计划时,最好将这个故事的优先级降低,安排在下一次迭代中进行。

另外，故事之间也存在依赖关系。例如，一个订单项目想在"双十一"那次迭代中增加优惠券、红包雨活动，但这个活动依赖一个技术故事——服务器升级扩容。如果当前的服务器内存应对日常订单流量还算勉强可以，但在"双十一"这样的高峰活动期间，服务器肯定是要宕机的。

在迭代计划会上，如果团队识别出这样的故事依赖风险，最好和产品负责人协商，调整业务故事的优先级，提高所依赖技术故事的优先级，合理安排迭代计划，适时调整发布计划。这样，团队就不会存在因为未识别的依赖而导致功能无法上线的风险。"秦掌门耐心解释道。

郭宇飞这才恍然大悟：原来如此，难怪敏捷招式如此精妙。

他又问："经手的故事那么多，依赖关系也会很复杂，那么怎样才能临阵不乱，审时度势地做好计划安排呢？"

"终于问到点子上了。我这儿还真有一本秘籍，可以传授给你。"秦掌门神秘一笑，转身拿起一本秘籍并递给郭宇飞。

郭宇飞接过一看，原来是 IDCF（江湖上的一个神秘组织）总结的敏捷优秀实践——项目群看板（见图 35-3）。

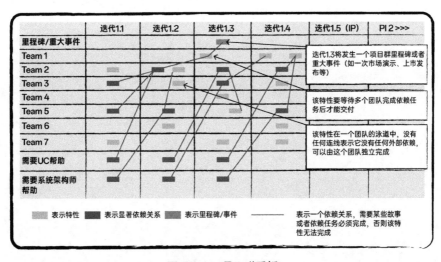

图 35-3 项目群看板

有了这本秘籍，何愁需求发布。郭宇飞谢过师父后，立刻起身回到研发团队。

回到研发团队后，郭宇飞立刻召集团队成员和产品负责人，重新梳理、讨论未上线故事的依赖情况，并安排人员去其他依赖的团队，了解他们的项目进度，将信息实时反馈到本团队。依据依赖信息，他们建立了自己的项目依赖看板。天泽观迅速调整了团队的发布管理计划和策略，使"天泽真经游戏"新的游戏分支迅速上线。

第 36 章 戈尔霍：吾有一计，可解掌门"多团队排期"之疾

作者：李岩

自乌羌派在江湖上崭露头角，其族长达瓦尔的野心便日益膨胀。然而，"乌羌派所处之地荒残，人物殚尽，东有豺狼，北有猛虎，蚕食之计，难以得志"。因此，达瓦尔一直有意夺取西川益州，希望借此扩大自己的商业版图。

说来也巧，西川益州刘豫璋手下的败家别驾张松怀突然来投，并将自己所绘的西川地图献于达瓦尔。

至此，"取西川"项目正式启动。达瓦尔担任产品负责人，任命戈尔霍为项目经理兼 Scrum Master，布日固德、阿曼卓力、阿依多斯、哈衣拉提 4 人分别担任攻城交付组组长，目标直指益州。

不幸的是，张松怀串通达瓦尔的事被刘豫璋发现。刘豫璋随即处决了张松怀全家，并派出精锐部队与达瓦尔决战。达瓦尔率领人马向成州进发，打到雒城。雒城城墙高大，难以攻克。于是，达瓦尔想到伐木建造投石车的方法，并详细画出交互图，编写了产品需求文档，积极组织团队进行"需求评审"。同时他还根据各团队人员擅长的领域，进行了如下分工。

- 阿依多斯团队：木工居多，负责伐木，建造车身骨架。
- 布日固德团队：铁匠居多，负责建造投石车的玄铁动力装置。

- 阿曼卓力团队：石匠居多，负责劈石，制作炮弹。

- 哈衣拉提团队：力工居多，负责最终的组装。

达瓦尔设定了两个月的期限，目标是建造 50 辆投石车。

完成这些准备工作后，达瓦尔感到心满意足，认为一切都在掌控之中，定无意外，遂外出探访民事。但是，一个月返回后，达瓦尔发现军营中堆满了各种"半成品"，而且士兵们满脸倦意，团队间的人际关系也变得异常紧张。

达瓦尔见到此景，一时百思不得其解，竟忧郁成疾。消息传到百里之外的戈尔霍耳中，他星夜飞驰，赶至达瓦尔屯军之地，求见族长。达瓦尔此时已卧榻难起，戈尔霍见状，便轻声在达瓦尔耳边低语："我有一计，可解族长'多团队排期'之疾。"

达瓦尔闻言大喜，顿觉疾病全消，起身说道："幸得先生相助，此事全仗你解围。"

戈尔霍接令，于次日召集布日固德、阿曼卓力、阿依多斯和哈衣拉提，组织了一次复盘会，并归纳出如下问题。

问题一：跨团队优先级不一致。

每个团队都有各自的任务，导致"建造投石车"在不同团队中的优先级不同。在跨团队协同中始终无法对齐排期节奏。阿依多斯团队很快完成了车身骨架，但布日固德团队优先级更高的事情是制造弓箭，所以投石车必备的玄铁动力装置迟迟没有开工。对于负责组装的哈衣拉提团队，因为投石车的优先级最高，所以该团队不敢轻易把人力分配给其他任务，一直处于等待状态。这些问题导致整个价值流的效率非常低，半成品堆积，资源浪费严重（见图 36-1）。

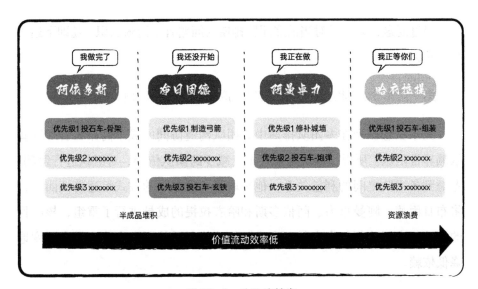

图 36-1 价值流效率

问题二：各团队交付节奏不一致。

阿依多斯团队每 3 周交付一次，布日固德团队每 2 周交付一次，阿曼卓力团队则采用流式开发方式，无固定节奏。如此情况下，不同的交付节奏造成大量额外的沟通协调成本，以致负责组装的哈衣拉提团队在安排工作时变得异常困难。

问题三：上下游协作缺少完工/准入标准。

在复盘过程中，戈尔霍还发现了另一个致命的问题，即布日固德团队抱怨阿依多斯团队交付的投石车骨架质量差，缺少必要的细节构件，以致自己生产的玄铁动力装置无法安装到车身上。这种情况也发生在阿曼卓力团队，他们交付的石头炮弹大小悬殊，有些炮弹太小，发射出去毫无威力；有些炮弹太大，根本投不到指定的范围内。于是，各团队相互指责，气氛异常紧张。归根结底，是因为跨团队协作的完工标准事先没有经过充分讨论，未得到多方共识和认可，导致了很多无谓的争执，严重影响了团队间的和谐。

经过复盘，戈尔霍对当前多团队排期的问题有了清晰认识，随即下达了 4 条军令。

第一条军令：围绕价值流，组建虚拟团队，降低依赖。

戈尔霍意识到在多团队排期中跨团队沟通协同的成本高昂，管理这些依赖异常困难。所以，他决定从根本上减少跨团队依赖，对组织进行解耦。考虑到各团队之间的利益关系，他采取了"虚拟"的方式组建特性团队，将布日固德、阿曼卓力、阿依多斯和哈衣拉提的成员进行了重组，核心目的是让每个团队都包含交付"完成"的功能所需的所有人才，最大限度地降低依赖。

第二条军令：统一交付节奏，引入 PI Planning，对齐规划。

作为 Scrum Master 的戈尔霍深知组建特性团队不是一蹴而就的事情，跨职能的人才需要组织长效培养，在当下，跨团队依赖问题仍然存在，且急需解决。于是，他参考《SAFe 兵法》颁布了第二道军令。一方面，统一 4 个团队的交付周期，均以两周为一个时间盒，同时对齐交付节奏，并建立"敏捷发布火车"（Agile Release Train，ART）；另一方面，引入 PI Planning。PI Planning 是一个有节奏的、面对面的活动，它是 ART 的心跳，可以将 ART 上所有团队对齐到共同的使命和愿景。通过"4+1 模式"（4 次开发迭代+1 次创新和规划迭代），在两天的时间内对齐目标，识别依赖，逐层拆解待办事项列表，并预测风险。

第三条军令：可视化交付过程，制定 DoD 标准，加速价值流动。

达瓦尔之所以在开工一个月后才发现问题，很大的一个原因是过程不透明，加上各个团队的负责人倾向于报喜不报忧。于是，戈尔霍决心引入精益看板，以做好可视化管理。与传统的信息传递方式（如采用周报、会议纪要等）相比，精益看板有更高的信息传递效率，所有事项一目了然。另外，精益看板还有一个重要作用——限制在制品，其目的是让团队更专注，从而提高质量、减少库存和改善吞吐量。从根本上说，在制品鼓励的是一种"完成"的文化，以便在遇到困难时，团队能够聚焦在阻塞的问题上，尽快解决，确保价值流的健康。其中自然少不了 DoD 标准。"完成"意味着无须进一步工作，可以直接交付。在多团队协同中，对 DoD 的共识至关重要，必须经过充分讨论并得到多方共识和认可，以确保后续的高效协作，避免无谓的争执。

第四条军令：坚持召开迭代回顾会议，总结经验教训，持续改进。

迭代回顾会议是敏捷迭代实践中的关键一环，也是 PDCA 持续改进的核心。因此，戈尔霍要求所有团队必须坚持召开迭代回顾会议，届时所有成员聚在一起，一起回顾，并强调"对事不对人"的原则，且共识的改进措施一定要指定负责人，在落地中持续跟进，以避免回顾会议变成吐槽会、空谈会、争论会或表彰会，充分发挥回顾会议的作用，构建一个自学习、自组织、持续改进的团队。

经过实施这些改进措施，各团队的交付效率明显提升，最终在剩余的一个月内完成 50 辆投石车的交付任务。达瓦尔军队因此如虎添翼，顺利攻城，破雒城后打开了西川的门户。不久，益州名将马德超来投奔，与达瓦尔会师，这进一步瓦解了刘豫璋的斗志。刘豫璋见大势已去，下令开城投降。至此，"达瓦尔取西川"之战落下帷幕。

工程实践篇

第 37 章　俞邦风：分支模型不统一，谈何高效交付

作者：陈文峰

"敏捷项目管理平台"产品经过几个版本的上线之后，萧楚又接手了"一站式 DevOps 平台"产品的管理工作。

"一站式 DevOps 平台"产品更为复杂，随着核心业务的逐渐展开，萧楚需要管理协调的研发团队数量越来越多。最近，萧楚在每日站会中注意到，多个用户故事出现了延期，主要原因是其他团队没配合好。产品版本迟迟不能发布，研发团队间的矛盾越来越大，这让萧楚的眉头拧成了疙瘩，一筹莫展。

这天，萧楚在房间里深思，突然听到外面有白云轩的弟子来报，说俞邦风老师叔来访。萧楚赶紧出来迎接。见礼完毕，萧楚知道俞邦风喜欢喝酒和吃鸡，于是便带他到著名的"仙庙烧鸡"店。俞邦风一见到烧鸡，眉开眼笑，大快朵颐，一口气吃掉了两只烧鸡，并且连连称赞。他抬头一看，却发现萧楚一口未吃，忙问："萧楚，你怎么不吃？是不是有什么心事？"

萧楚听到这话，连忙将目前团队遇到的问题和困难向俞邦风和盘托出，末了说道："前两个版本的产品进展都正常，需求也得到了澄清，技术方案也进行了设计，但不知怎么了，最近接连出现延期，不单是产品版本发布，就连转测的 DoR 都难以达到。"

俞邦风一边啃着大鸡腿，一边思考，吃完又仰头喝了一大口酒，然后问："萧楚，你的这几个团队的研发工程流是怎样的？"

萧楚疑惑地问："什么是研发工程流？不就是需求—开发—测试—发布吗？"

俞邦风伸手掏出一本发黄的秘籍，然后递给萧楚，说："你刚才说的是需求价值的流动，但在其背后需要有规范的研发工程流（见图 37-1）作为支撑，否则，别说需求价值的正常交付，就连转测都难以实现。"

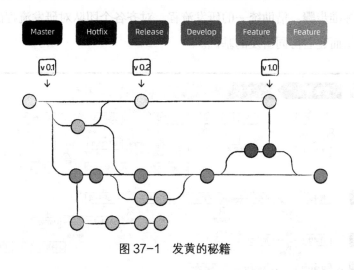

图 37-1　发黄的秘籍

萧楚听后连连点头，接过那本秘籍，只见封面上写着《白云轩软件研发工程四式》（下称《研发工程四式》），心中不禁喜出望外，随即陪俞邦风喝了几杯。

酒足饭饱后，萧楚回到住处，从怀里掏出《研发工程四式》，开始细细查看。萧楚的思绪完全沉浸到这份让白云轩发展壮大的秘籍当中。话说当年，江湖上纷争不断，群雄并起，俞邦风领导的白云轩在江南一带开拓软件产品业务，其他门派也不甘示弱，纷纷加入竞争。俞邦风凭借敏锐的洞察力，意识到只有扎实的研发工程作为基础，才能保证业务的高质量和快速交付。于是，他组织白云轩的八大长老，梳理总结，最终整理出《研发工程四式》，使白云轩的软件持续交付技艺名扬天下。

第一式：研发流程标准化。

虽然经过"敏捷项目管理平台"产品的历练，研发团队对故事的 DoD 有了清晰的认识，但如何实现 DoD，各团队却有不同的套路。为了整合团队，提升整体效能，致力于价值交付，关键在于实现一致性。

而实现一致性的基础在于定义一套标准化的研发流程（见图 37-2），统一团队成员对研发环节的认知，明确需求生命周期各个阶段，并梳理出研发流程的标准步骤。借助统一的研发流程，对齐各个团队对研发流程的认知与节奏，从而建立协同研发的基础。

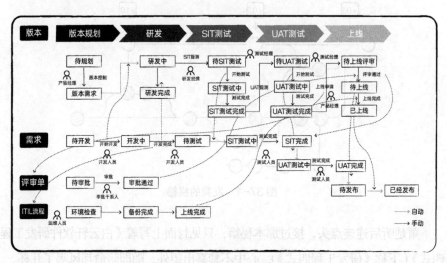

图 37-2　标准化的研发流程

第二式：分支模型统一。

萧楚看完第一式，不禁连连称绝，但他突然想起了前几天的每日站会上，两个团队在联测某个功能时遇到的问题：双方都说开发已完成，但测试团队却反馈功能无法进行测试，这又是为何？萧楚带着疑问翻开了第二式——分支模型统一。

分支模型（branching model）是一套围绕项目开发、部署、测试等工作流程的分支操作（如创建、合并等）的规范集合。

即使研发流程定义清晰，但如果分支模型不统一，各团队按自己的习惯进行操作，往往会造成代码合并遗漏或错误，影响测试甚至上线版本的质量，进而引发生产事故。最佳实践是在组织内部统一定义一套或几套分支模型，并达成共识，确保研发过程中不会因为代码、部署问题而受阻。

组织内部需要清晰定义分支模型，包括分支的创建、代码合并的条件（如门禁、代码审核、功能测试等）和各分支对应的环境，如图37-3所示。通过定义分支模型，揭开研发过程中的"黑盒"，统一内部代码流向及准入标准，将质量内建于研发过程中。通过管控过程质量，确保最终交付的产品达到预期的质量标准。

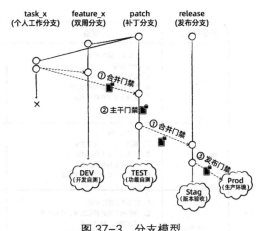

图37-3 分支模型

需要强调的是，随着业务变得越来越复杂，与分支模型相配套的测试环境也必须完全一致，否则可能会出现某些应用有验收环境而其他应用没有的情况，这将导致无法进行全面的验收测试。因此，各应用须具备一致的环境，包括应用服务、配置、数据库等，同时确保同类环境互通，与非同类环境隔离，否则在集成测试阶段很容易因为功能或数据的不一致而出现各种异常。

第三式：常见分支模型推荐。

为了构建一个高效的持续交付体系，选择一个合适的代码分支模型至关重要。分支模型有利于规范研发团队的行为，确保遵循统一的规则，以便执行功能开发、问题修复、分支合并、版本迭代及发布等操作。合适的分支策略可以使团队合作变得平滑顺畅，确保项目有序向前推进。因此，企业的研发团队通常需要慎重地选择代码分支策略。

根据主流的模型原则，可以将代码分支分为3类——主干开发分支发布、分支开发主干发布和主干开发主干发布。这些原则的沉淀，一方面受到了代码管理工具历史发展的影响，另一方面也与业务发布的需求和管理模式有关。基于 Git 的代码管理已经成为主流。常见的基于 Git 的代码分支模型有 TBD Flow、Git Flow、GitHub Flow、GitLab Flow 等，如图 37-4 所示。可根据组织情况选择合适的分支模型。

分支模型	优点	缺点
TBD Flow	1. 分支少，操作简单 2. 小步快跑 3. 合并冲突少 4. 利于持续部署和持续交付 5. 支持单个软件单个版本	1. 对团队的协作成熟度和集成纪律有很高的要求 2. 需要有非常好的集成验证基础设施和手段 3. 并行开发工作的隔离必须有软件设计和实现的支持
Git Flow	1. 支持特性并行开发 2. 规则完善，分支职责明确 3. 支持复杂大型团队协同开发 4. 利于传统软件的发布 5. 支持单个软件同时多个版本	1. 分支数过多，规则比较复杂 2. 分支生命周期长，合并冲突比较频繁 3. 对发布后发布版本的管理需要较多的维护工作
GitHub Flow	1. 支持特性并行开发 2. 有明确的协作规则定义，规则简单 3. 持续集成，持续部署 4. 利于与 GitHub 的功能进行集成	1. 对团队集成纪律有较高的要求 2. 对集成和发布的分支管理没有定义 3. 集成中，一次中断，影响所有，需要有非常好的集成验证基础设计和手段支持 4. 存在开发分支周期过长，合并冲突等潜在问题
GitLab Flow	1. 支持特性并行开发 2. 有明确的开发分支及其规则定义 3. 利于与 GitLab 的功能进行集成 4. master、pre-production、production 滚动验证方式，支持持续部署和持续交付 5. 分支发布方式支持传统的软件发布方式 6. 支持单个复杂软件单个版本及单个软件多个版本两种模式	1. 开发分支生命周期过长，导致合并冲突潜在问题 2. 发布中分支与环境之间耦合(pre-production 和 production 这样的分支与环境之间的耦合) 3. 想同时适用多种发布模式的分支方式，同样引入了更多的复杂性，目的不单一

图 37-4 常见的基于 Git 的代码分支模型

第四式：持续集成。

在实现了研发流程标准化和分支模型统一后，虽然已经取得了一定的进展，但要发挥出最大的威力，还需要掌握第四式——持续集成。

Martin Fowler 对持续集成是这样定义的：持续集成是一种软件开发实践，团队开发成员频繁地集成他们的工作，通常每个成员每天至少集成一次，这意味着每天可能会发生多次集成。每次集成都通过自动化构建（包括编译、发布、自动化测试）来验证，从而尽快地发现集成错误。许多团队发现，这个过程可以大大减少集成问题，使团队能够快速开发出内聚的软件。

持续集成的宗旨是避免集成问题，如同在极限编程（Extreme Programming，XP）方法学中描述的"集成地狱"。持续集成不仅仅是提高集成频率的手段，更是一种质量反馈机制。

在团队成员众多时，需要细化约定代码提交步骤，江湖上流传已久的"六步提交法"（见图 37-5）可在团队中推广使用，并且可以结合后固化成持续集成流水线（见图 37-6）。经过长时间的推广和实践，这种方法将带来显著的成效。

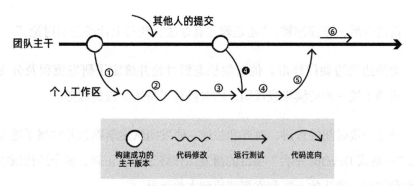

图 37-5 六步提交法（资料来源：《持续交付 2.0》）

流水线类型	目的	代码分支	触发条件	执行任务	质量门禁			
					代码扫描	单元测试	冒烟测试	功能测试
预构建	合入SIT分支前检查代码质量	Feature分支	创建PR时自动触发	代码扫描 单元测试	无新增漏洞/缺陷/代码坏味道	通过率为100% 代码覆盖率大于80%		
集成构建	合入SIT分支后检查代码质量	SIT分支	PR合入SIT后自动触发	代码扫描 单元测试 编译打包 部署开发环境 冒烟测试	无新增漏洞/缺陷/代码坏味道	通过率为100% 代码覆盖率大于80%	通过率为100%	
版本验证流水线	验证版本质量	UAT分支	合入UAT时自动触发	打包SIT级别版本 部署SIT环境 自动化回归测试 制品晋级UAT级别 部署UAT环境 业务人员验收 制品晋级RC级别				通过率为100% 接口覆盖率为100%
发布流水线	部署生产	Release分支	上线发布前自动触发	制品晋级PROD级别 部署PROD环境 冒烟测试		通过率为100% 代码覆盖率大于80%	通过率为100%	通过率为100% 接口覆盖率为100%

图 37-6 集成流水线

萧楚看完心法部分，忍不住喜上眉梢，赶紧拉着妻子汪蓉一起讨论。未待汪蓉看完，萧楚急切地问："蓉儿，你看我们该怎么办？"

汪蓉详读一遍后，说道："楚哥哥，我们可以按照这上面所说一步步来修炼，先让团队核心长老进行讨论，细化研发流程和分支模型。咱们的底子薄，职责也不清晰，初期可先采用 Git Flow 来厘清团队的职责和规范操作步骤。"

萧楚听后，连连称赞："还是蓉儿有办法，我马上让长老们讨论。"

萧楚边说边朝门外走。他召集长老们讨论并确定了研发流程及分支模型，明确了统一的持续集成规则，同时搭建了持续集成的服务。

经过一段时间的宣讲、对齐和拉通，研发团队逐渐熟悉并掌握了这套模式。"一站式 DevOps 平台"项目的研发工作终于步入正轨，多个迭代版本得以顺利发布，团队的士气和幸福感得到大幅提升。

第 38 章　郭宇飞：做好数据度量项，效能提升没商量

作者：王英伟

敏捷纪元 2019 年冬，东华胜州遭遇了一场极其严重的雪灾。整个东华胜州的经济陷入了萧条。就在此时，"天泽真经游戏"项目研发团队也面临着前所未有的困难。由于恶劣的天气条件，研发部门的员工不得不转为居家办公，无法到信息科技部大楼办公；测试部门因无法及时更新自动化测试案例的处理意见，导致测试案例无法正常运行；基础设施团队提供的持续集成流水线模板也无法满足研发团队的个性化需求。如果这些问题得不到解决，将对来年的工作产生巨大的影响。

郭宇飞作为"天泽真经游戏"项目的总负责人，面对这些问题，一直眉头紧锁，找不到解决方案。虽然团队之前已经对各部门设立了考核指标，但效果并不理想，例如下面这些指标。

- 产品部门：产品负责人提出的需求数目、点击量等。

- 研发部门：开发人员提交的代码行数、功能的上线时间等。

- 测试部门：测试工程师提出的 Bug 数量、产品功能的测试通过时间等。

- 运维部门：运维工程师解决的告警数量、在线支持的时间等。

虽然有了这些考核指标，并且根据这些指标，团队的执行效果还不错，但从整体效能来看，却没有显著提升。更糟糕的是，部分部门甚至出现负面效应。例如，部分人员开始进行"表演型加班"，产品代码的重复量增加，研发和测试人员之间的关系变得紧张。

郭宇飞趁着年底，请了年假，带着家人到东瀛度假。他们住在东瀛国都江户。在江户的皇居东御苑公园游玩时，他发现一个有趣的现象：每位游客在进入公园时，都会从安保人员那里领取一张卡片，而在离开公园时，则需要把卡片归还给门口的安保人员。导游解释说，这种做法是为了保障游客的舒适度，通过卡片记录进入公园的人数。

这个小小的举措让郭宇飞陷入了沉思，他意识到，为了实现某个业务目标，就需要设计合适的度量指标。度假回来后，他立刻着手重新设计"天泽真经游戏"项目的度量指标。

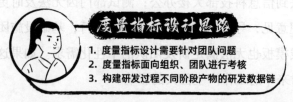

度量指标设计思路
1. 度量指标设计需要针对团队问题
2. 度量指标面向组织、团队进行考核
3. 构建研发过程不同阶段产物的研发数据链

首先，他认识到，不能反映团队问题的度量指标不是有用的指标。

不同的团队面临的问题各不相同，不同的组织存在的障碍也不同。只有通过仔细认真调研，详尽掌握企业不同层级面临的问题，并透过现象看本质，设计出合适的度量模型，从根本上揭示问题，并给出合适的解决方案，这样的度量才能真正发挥作用。度量指标设计的参考因素如图38-1所示。

其次，他明白了，组织存在的问题并不单是某一环节的问题，组织研发效能的提升也不仅仅是单个流程的优化，而是整个交付过程的整体流程优化。

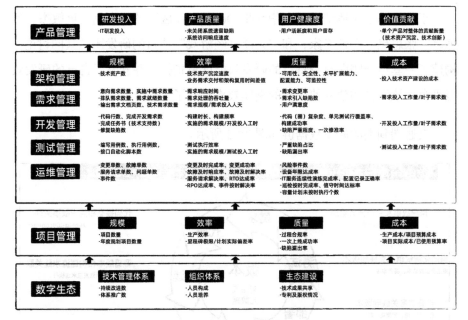

图 38-1 度量指标设计的参考因素

软件研发流程包含业务分析、项目管理、开发、测试、运维和运营等多个环节，每个环节存在的问题都有可能影响到产品功能的最终发布速度。所以，为了全面反映整个软件研发过程，度量指标的数据应该涵盖软件研发流程的各个环节，能够及时反馈瓶颈点，并根据历史数据提供优化建议。

最后，他意识到，好的数据度量指标不仅能反映组织中存在的问题和用于分析问题产生的原因，而且能基于不同阶段的元数据提供优化建议，甚至能够对未来的发展局势做出预测。

对于度量数据，数据采集的实时性和准确性是确保指标能够反映实际问题的关键。如果数据采集依赖人工手动进行，那么其真实性和实时性都将大打折扣。只有通过自动化工具对数据进行采集，并通过大数据技术对数据进行宏观分析，才能实现数据的底层贯通，真正构建研发数据链，从而客观、公正地反映问题，有效提升研发效能。

于是，郭宇飞邀请了"东华胜州 DevOps 社区"的王东喆、巩敏杰、刘陈真、张思琪等多位专家，和"天泽真经游戏"项目的研发团队共同讨论，构建了一套适合团队自身特点的研发效能度量指标，并开发了自己的研发效能平台。该平台的建立使团队的整体效率提升了 1.5 倍。

贯通端到端的研发数据链如图 38-2 所示。

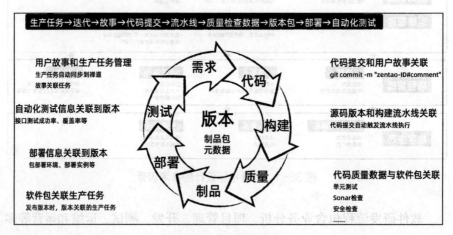

图 38-2 研发数据链

第 39 章　戈尔霍：结对编程，可保骆驼车交付无忧

作者：李岩

敏捷纪元 2020 年春，乌羌派的戈尔霍从祁连山出发，向大派天仙阁发起了挑战，然而，在骊水一战中遭受失败后，戈尔霍被迫陷入了与天仙阁长老曹毅的拉锯战中。

在准备再次进军前，戈尔霍总结了前几次进军天仙阁失败的教训，他认为准备工作的不足是最大的问题，尤其是粮食供应。曹毅也深知这一点，所以他总是采取守势，将战争拖入相持阶段，使得乌羌派的士兵每每受困于粮草不济，最终不战而退。为了克服乌羌派人力和畜力的不足及道路的崎岖，戈尔霍寄希望于运输工具的改造。于是，他设计了一种新型的运粮工具——骆驼车。

戈尔霍回到营帐，唤左右随从阿丽腾和莫日根二人，附耳授以密计。戈尔霍命令他们召集 1000 多名工匠进入葫芦谷制造骆驼车。同时，他命令努尔波力带领 500 名士兵守卫谷口，并嘱咐道："工匠们不得离开，外人不得进入。捉曹毅之计，只在此举。切不可走漏消息。"努尔波力领命而去。

阿丽腾等二人在谷中监督工匠，依法制造，但其间问题不断，主要有以下 3 个。

- 工匠们的能力水平不同，新手居多，导致交付的质量参差不齐。

- 部分核心构件的制造重度依赖几个核心骨干，一旦他们出现问题，后果难料。

- 工匠间鲜有沟通，各自为战，协作不顺畅，而且有人偷懒。

面对这些问题，阿丽腾无计可施，只能上书戈尔霍，求破解之法。戈尔霍接到奏报，沉思片刻，而后提笔写下一行大字"结对编程，可保骆驼车交付无忧"，并命人星夜送往葫芦谷。阿丽腾看后茅塞顿开，但莫日根和工匠们却不解其意。

莫日根问道："何为'结对编程'？"

阿丽腾回答道："结对编程（Pair Programming）是一种敏捷软件开发的方法，也是极限编程的核心实践之一，简单来说，就是两个开发人员并排坐在一台计算机前，面对同一台显示器，他们一起进行需求分析、设计、编码、编写测试用例、执行单元测试和集成测试，甚至一起编写文档。"

莫日根追问道："能否将结对编程的具体做法详细解释一下？"

阿丽腾笑着说道："莫急，莫急，且听我细说。"

莫日根说："结对编程其实有一种标准玩法和一种变体。"

随后莫日根详细介绍了结对编程的细节。

结对编程的标准玩法——驾驶员、领航员模式。

按照极限编程的定义，参与结对编程的两个角色通常被称为"驾驶员"和"领航员"，两者的作用如下。

- 驾驶员：负责控制鼠标和键盘，聚焦于当前正在编写的代码，关注细节，即负责编码工作。

- 领航员：坐在驾驶员旁边，进行观察和思考，负责检查错误、提出改进意见，以及考虑解决方案。

另外，结对的角色是可以随时互换的。

结对编程的变体玩法——乒乓模式。

乒乓模式是结对编程与测试驱动开发相结合的一种高效实践方式。具体做法如下。

（1）一个开发人员先编写单元测试，测试完成后运行，确保测试不通过。

（2）另一个开发人员编写实现具体功能的代码，完成后再次运行单元测试，确认测试通过，然后进行可能的代码重构。

（3）编写测试的开发人员和编写功能代码的开发人员互换角色。

（4）以此类推，循环往复。你编写单元测试，我实现具体代码，然后我编写单元测试，你实现具体代码，就像打乒乓球一样。这样的好处是单元测试和代码实现由不同的人负责，更能有效避免遗漏，同时两个人共同参与测试和实现，也有利于测试驱动开发的实施。

众工匠听后都觉得新奇，正在这时，人群中突然有人提问："这么做有什么好处？"话音刚落，大家纷纷附和："对啊，虽然新奇，却不知有何用处。"

阿丽腾捋了捋胡须，对众人说道："其利有三，具体如下。

第一，促进沟通，加速人员成长，提升团队整体战斗力。通过结对工作，双方可以互相分享对业务逻辑及代码实现的理解，加强团队内的沟通。尤其是对于团队中的新手，他们可以在这个过程中很好地向其他成员学习，快速融入团队并上手，在短时间内提升个人能力，从而提升团队的整体战斗力。

第二，共享知识，减少个体依赖，实现代码的集体所有制。通过结对工作，双方为完成共同的交付目标，相关的知识和经验自然会相互分享，很难藏私。这样，每个功能模块至少有两个人了解，使得代码集体所有制成为可能，减少了对个别成员的重度依赖。即使将来有异动（请假、转岗或离职等），整个团队的交付能力也不会受到太大的影响。

第三，减少摸鱼现象，加速问题解决，提升交付质量和效率。结对编程要求两个人共同工作，这使得每个人都更加专注，减少了分心和偷懒的情况，进而加速价值流动。同时，两个人共同工作，经验互补，能够提前发现很多潜在问题，大大减少代码中的缺陷，提升交付的质量。"

一旁的努尔波力听到这些讨论后大笑不止，他略带讥讽地问道："说了这么多好处，但原本一个人就能完成的工作，现在要两个人一起做，这成本不就明显增加了吗？"

阿丽腾听后，急忙解释说："并非如此！研发成本包括开发成本、重构成本、测试成本以及修改 Bug 的成本。虽然结对编程可能会略微增加最初的编码成本（研究表明，结对编程比单独编程仅多消耗 15%的时间），但由于代码质量得到提升，可以大大节约重构成本、测试成本和修改 Bug 的成本。同时，它还能加速人员成长，减少对个体的依赖，减少摸鱼现象，加速问题的解决等，带来诸多好处，何乐而不为？"

众人听后连连称赞，于是依令开始践行结对编程。果不其然，数天后，工匠团队的整体气氛明显提升，大家相互合作，其乐融融，交付的骆驼车质量有了明显的提升。数月后，骆驼车全部制造完毕，它们灵活地在山地间穿梭，各展其能。众人看到这些成果，无不感到欣喜。戈尔霍随后令前线指挥使高翔带领 1000 名士兵，驾着骆驼车，自剑阁直抵祁连山大寨，往来搬运粮草，供给乌戈派的士兵使用。依靠骆驼车解决了粮草问题的戈尔霍，带领乌戈派的士兵取得了对曹毅的重大胜利，使得天仙阁的阁主感到寝食难安。

第 40 章　周云鹏：手动测试与自动测试，左右互搏

作者：方正

冬至已至，新年的脚步日益临近，郭宇飞负责的"振兴东华胜州"2.0 版本差不多就要完工了。这个项目从年中开始规划，9 月份完成 1.0 版本，本来计划 12 月份完成 2.0 大版本升级。然而，时间紧迫，仍有许多遗留问题待解决，若不能按时发布，将错失抢占市场的大好时机。作为 Scrum Master 的郭宇飞着急得不行，可是业务负责人却鼓励大家："大伙再加把劲，我们再搞 10 个通宵，这些问题就通通解决了。哪有研发工作不加班赶工期的？大家好好干，做好了 2.0 版本，我为大家申请 4 个月的年终奖。"尽管如此，团队成员已经疲惫不堪，一个多月以来，他们一直在高压下工作，尽管士气低落，但为了共同的目标，仍在坚持。

郭宇飞深知团队已临近极限，测试中发现的问题众多，每次修复后都需要测试团队全部手工回归测试一遍，耗时耗力。由于是基于 1.0 版本进行开发的，回归测试的工作量骤增，部分测试人员几乎到了极限。郭宇飞一筹莫展，拉着秦倩就想出去透透气，换个环境思考问题。

秦倩也替郭宇飞着急，她迅速提出了一个建议："宇飞哥哥，好多测试工作都是重复的，我们是不是可以考虑引入自动化测试，这样可以释放很多测试人力。"

郭宇飞看着秦倩，有些犹豫："哪有那么容易，现在研发时间紧，而开

展自动化测试还要编写测试脚本和测试用例,需要很多前期投入。再说了,现在的团队从 1.0 版本开始就一直采用手工测试,熟练得很,突然让大家转变到自动化测试,搞不好大家不愿意,甚至导致测试进度变慢。"

秦倩没有放弃,她继续劝说:"但自动化测试真的很有必要啊。'振兴东华胜州'1.0 版本的测试工作花了 1 个月,现在 2.0 版本已经花了一个半月还没有测试完。等明年开发 3.0 版本时,可能需要 3 个月的测试时间。如果还想以一个季度一个大版本的节奏进行发布,这根本做不到。"

郭宇飞面露难色,说:"我也知道啊,但是,哪些测试可以自动化,哪些不适合自动化?我之前没有做过,现在如果盲目行动,可能会打乱团队的工作节奏。"

两人边走边聊,不知不觉中来到桃花谷。此时,周云鹏正无聊地自己和自己下象棋,左右手各执一方,"杀"得有来有往,不亦乐乎,竟然没有注意到有人靠近。虽然郭宇飞正为版本发布的事情烦恼,但看到自己的棋友如此自娱自乐,他忍不住想上前一探究竟。

"自己和自己下棋,下一步要走哪都知道了,有什么好玩的。"秦倩觉得这种自娱自乐的方式有些无聊,想拉郭宇飞去别的地方,但郭宇飞却执意要去看看棋局。他们看到周云鹏左手执红棋,右手执黑棋,两边的阵势浩荡,一方"守中带攻",另一方"攻中带守",就像是两个不同的人在对弈。

郭宇飞美滋滋地看完一局左右手的对决,心满意足。他回想起刚才在路上和秦倩聊的内容,突然有所领悟。"我为什么一直认为自动化测试必须完全替代手工测试?它们可以相辅相成!"郭宇飞自言自语。

周云鹏一边收拾棋盘,一边说:"是的,自动化测试可以节省人力和时间成本,提升测试效率。但自动化测试并不能完全代替人工测试。自动化测试能解决很多问题,同时也会带来一些问题,例如下面这些问题。

第一，在测试覆盖率方面，自动化测试在相同时间内能够覆盖更多功能，尤其适合进行回归测试。然而，对于开发中的功能，若需求频繁变更，自动化脚本的维护成本与开发功能本身相当，因此维护成本相对较高。

第二，在测试效率方面，自动化测试在重复测试相同内容时速度更快。但是，开发自动化测试脚本的时间比开发测试用例要长，例如编写脚本、调试脚本、维护脚本都需要时间。而手工测试虽然也需要编写、评审、修订测试用例，但由于主要是文本操作，因此通常耗时更少。

第三，在可靠性方面，自动化测试依赖的是脚本，这使得问题定位和复现有明确的配置路径可循。但程序是固定的，人是灵活的。自动化测试的稳定来源于其固定性，而人的智慧体现在思维的跳跃性，这种跳跃的思维也可能导致后期不易定位问题。

第四，自动化测试擅长执行压力测试、负载测试、并发测试、重复测试等人力不易完成的任务，而且只要资源充足，它可以 24 小时不间断运行。

第五，实施自动化测试的过程中，必须提升测试人员的技能及与开发人员沟通的效率。培养自动化测试人员需要投入大量资源，同时在团队中应推广与自动化测试相配套的培训、测试管理和产品开发等。"

周云鹏随手在地上画了一张测试关系图（见图 40-1）。

图 40-1 测试关系图

随后,周云鹏解释道:"手工测试和自动化测试就像人的左右手,各有优势,它们应该相互辅助,以最大限度地提升效率,降低成本。"

郭宇飞感觉找到打破僵局的办法了。虽然在 2.0 版本上实施可能来不及,但未来 3.0 版本、4.0 版本中,如果能以自动化测试为主,快速进行回归验证和发布,甚至在开发环境、测试环境中都加上自动化持续测试,那么开发人员就可以更早、更快地发现问题,不必等到集成或者发布版本后才发现。

"我回去就和团队讨论。首先,把团队成员的单元测试、代码扫描、安全测试都集成到流水线中。一旦代码提交,就开始进行自动化测试。其次,在开发环境的集成发布中增加自动化接口测试,以检查所有集成环境的接口。最后,在每次发布新版本时都先用自动化测试用例进行回归测试,而人工测试则专注于新功能的测试。"郭宇飞把回去怎么改造都想好了。

"而且,可以趁大家晚上睡觉的时候,利用空闲资源进行压力测试和并发测试,不用担心占用日常资源。一觉醒来就能看到测试结果,这也算是一个不错的改进。"

郭宇飞越想越兴奋,他拉着周云鹏说:"来来来,我们下一局棋,自己一个人下多没劲。"

第 41 章　黎阿强：人生小人物，测试大追求

作者：黄鹏飞

江湖中，除了那些名震四方的武林高手以外，更多的是默默无闻的小人物。而这些小人物中有一位十分值得敬佩的角色，他仅凭一招绝技，便赢得了人们的敬仰。他就是通天观的弟子黎阿强。

黎阿强，通天观第八代弟子，绰号"疯子强"。黎阿强办事牢靠，深受张仙人的赏识，因而得以传授一门独特的测试功法——"神龙摆尾"。黎阿强勤快刻苦，进步神速，学有所成之后，他经常在江湖中行侠仗义，广受赞誉。

然而，这几日，黎阿强却感到迷茫，做事缺乏方向。为寻求解决之道，他入山拜访精通软件质量的张仙人。

在拜见张仙人后，黎阿强问道："张仙人，现在我有一个小团队，主要从事软件研发，但我们的软件质量一直比较差，尽管我们尝试了许多提升质量的方法，却始终不见效，还请您指点迷津。"

张仙人捋了捋胡须，说道："年轻人，你算问对人了。我年轻的时候，关于这块也踩过不少坑，且听我一一道来。"

随后，张仙人补充道："首先，对于软件，测试是很重要的一环。软件的易用性和问题数量，关键就在于测试的质量。而测试的好坏，又与测试流程的正确与否密切相关。另外，就软件测试而言，每家公司的情况都不一样，

不能一概而论，需要根据实际问题规划和解决。能解决实际问题的，就是好办法。所以，我们必须重视测试的每一步。我将我的测试经验总结为十二字诀——抓基础、拓手段、跟遗留、善分析。现送你，希望可以帮到你。"

随后，张仙人为黎阿强详细分析了这十二字诀的深意。

第一步：抓基础。所谓抓基础，就是需要做好软件的基本测试，尤其是核心的单元测试。对于程序员，如果养成了对自己编写的代码进行单元测试的习惯，不仅可以提升代码质量，还能提升编程水平。

单元测试是软件开发过程中不可或缺的一部分，可以帮助研发团队更好地控制软件质量，确保软件的可靠性和可用性。它可以帮助团队检查软件功能是否符合预期，是否存在缺陷，以及是否满足用户需求。

总的来说，单元测试可以帮助研发团队更好地理解软件的功能，为后续提升测试手段打下坚实基础。

第二步：拓手段。所谓拓手段，就是在现有测试的基础上提升测试的效率与质量。这里的效率不仅指速度要快，还包括质量要高。在这一阶段，可以借助一些自动化测试工具，开展更高效的测试流程。

软件自动化测试的做法包括以下要点。

首先，明确自动化测试的目标，确定要测试的功能点和测试的等级。

其次，根据软件的功能编写自动化测试脚本，并进行调试，确保脚本能够正确执行。

再次，运行自动化测试脚本，收集并分析测试结果，检查软件功能是否达到预期。

最后，编写测试报告，反馈给研发团队及管理人员，以便及时发现问题，改进软件质量。

以上是关于自动化测试的几点思路，详细的设计和开展思路，需要根据组织的实际情况进行评估和决定。

常见的自动化测试工具可以分为 UI 自动化、性能自动化和接口自动化等。随着自动化测试的技术发展，更多高效的方法和工具将会面世。

一句话总结：软件自动化测试的意义在于提升软件质量，帮助研发人员更快地发现并修复软件中的缺陷，减少发布时的问题。

张仙人口若悬河，滔滔不绝，黎阿强听得津津有味。

过了一小时，张仙人说："让我休息一下吧。年纪大了，话说多了难免气喘，喝口水缓缓再接着说。"黎阿强听后笑了一下，马上给张仙人递上一杯清茶。

趁着张仙人喝水的间隙，黎阿强说："张仙人，按照您说的方法，通过打好基础，再辅以自动化测试，确实能大幅度提升开发效率，同时发现之前人力所发现不了的问题，无论是测试的广度还是深度，都能得到较大提升。"

张仙人点头回应："是啊，但你有没有想过一个问题，我们做的这些动作，都是在产品发布前发现问题。然而，我们同样需要重视产品发布之后的问题。这样，我们才能形成一个闭环，既有发布前的测试，也有发布后的测试，不断追求测试的全面性和覆盖性。"

黎阿强听后连忙点头，急切地说道："张仙人，这是不是就是您要说的第三步？"

张仙人微笑地回答："对喽，我们接着往下看。"

第三步：跟遗留。所谓跟遗留，就是指要对发布之后的产品进行线上测试,不能因为产品已发布,就可以高枕无忧了。要调整这种心态,即使产品发布了,也不代表一点问题都没有了。

软件的线上测试是指在软件发布以后对软件进行测试,以确保其健壮性和可靠性。这种测试通常涉及软件的可用性、安全性、性能、可维护性和可扩展性等方面。线上测试是一种重要的质量保证测试,可以帮助检测出软件可能存在的缺陷,避免在使用过程中出现问题。每家公司的产品各不相同,可以根据自己的实际情况来制定线上测试策略。这次主要介绍一些常规方面。

- 确定线上测试的难点、重点。线上测试很难做到全部测试,需要清晰定义测试的目标和范围。

- 明确测试方法。团队成员应知道如何开展线上测试,并从中受益。

- 确定线上测试的时机。发布后什么时候开展,做几次等问题,都需要根据组织情况定义清晰,便于管理和执行。

确定了以上几个方面,研发团队可以更顺利地开展线上测试,同时在开展工作的过程中收获更多,感受到开展线上测试的重要性,不断追求更高的测试效率,提升产品质量。

黎阿强听完,直呼:"妙啊。测试覆盖产品的全方面,可以进一步保障产品质量。您太厉害了。"

张仙人接着说:"这些都是一点点积累的。希望可以帮助到你,避免踩更多的坑。有了前面三步的保障,我们还要学会分析,这就是接下来要介绍的第四步。"

第四步:善分析。在产品测试的各个环节中,我们会发现各种问题。针对这些问题,要逐步进行分析,找出问题的根源,然后对症下药,不断改进,持续精进。唯有这样,研发团队才能不断成长,为组织的发展带来坚实的信心和能力。测试急不来，也不能急，只有一点点做好，覆盖全面且到位，才能更好地为质量保驾护航。

随着测试的不断深入，追求更加高效和敏捷的测试方法变得尤为重要，这能够让测试工作发挥出更大的效能。例如，搭建自动化的流水线，结合 CI、CD，将开发、测试、集成和部署等环节串联，可以让组织的运行效率达到更高的层次。这样不仅赋能组织，而且赋能业务。

黎阿强听完张仙人的介绍后，兴奋地喊道："这一套关于测试的方法和手段太妙了。从单元测试到集成测试，再到新的测试手段、自动化测试，以及发布之后的遗留问题测试，加上 CI、CD 的助力，可以牢牢地抓住测试的整个过程。另外，通过这些方法和手段，我们可以得到开发过程中的数据，之后不断进行分析和改进，持续精进。我们虽然做不到 100% 的测试覆盖率，但可以追求 100% 啊。谢谢张仙人，今日您的教诲醍醐灌顶，让我看到了自己的不足。回去后我将按照您说的这些逐步开展，并结合实际情况，找到自己团队的平衡点，持续改进。"

张仙人听后，满意地点了点头："你理解得很透彻，悟性极高，确实是一个练武的奇才，不枉我今日与你沟通一番。好好学，相信你可以搞出一点名堂。如果未来遇到问题，可以再来找我。我还有事，就先行一步。"说罢，张仙人便起身飞走，不见踪影。

第 42 章 降低服务间依赖，让自动化测试运筹帷幄

作者：王东喆

天泽观的"天泽真经游戏"自上线以来，运行平稳，各方面表现良好。作为 Scrum Master 的郭宇飞看着团队每天高效运转，开心不已。然而，这一天的每日站会上，资深研发人员鲁有一提出了一个棘手的问题：最近新加的一个功能需要与天仙阁的北斗七星会议室进行集成开发，由于近期网络状况不佳，每次集成测试都比较耗时，另外账户有 API 调用次数限制，每天只能调用 100 次。随着自动化测试频率的增加，很容易达到次数限制的上限，一旦达到，将无法继续测试。

郭宇飞听完一时没有头绪，于是只能先安抚团队成员，承诺会后他去想办法。

会后郭宇飞独自来到同心湖边，思索最近遇到的相关问题。团队经过几次迭代后，已经可以自如运用敏捷开发的流程和合作方式。但现在更核心的工程实践需求开始显现。秦倩曾经说过，敏捷开发的核心在于团队的工程实践必须足够敏捷，否则就像地基不稳的空中楼阁。鲁有一今天提出的问题正是团队开发中经常遇到的场景——依赖。无论是服务依赖、组件依赖、产品依赖还是团队依赖，随着依赖的增多，开发效率会逐渐降低。因为团队的很多工作要等待依赖项完成后才能开展，这是一个充满不确定的因素。

想到此处，郭宇飞抬头眺望远处，大喊一声："敏捷江湖，能否给我一

点提示，有何妙招可以降低依赖？"

话音刚落，郭宇飞忽然感觉后背被一颗石子击中。他回头一看，原来是秦倩。只见秦倩从远处走过来，乐呵呵地说道："宇飞哥哥，大白天对着湖面喊什么呢？看起来傻乎乎的。"

郭宇飞眼前一亮，忙说道："倩儿，你来得正是时候。我正头疼如何降低服务间的依赖，帮我出出主意。"

随即郭宇飞将鲁有一在每日站会上提出的问题复述了一遍。秦倩听后，点了点头，神秘地笑了笑，然后说道："宇飞哥哥，前几天我陪我爹去拜访造物派的诸葛伯伯，他的团队正在使用的两款工具或许能帮到你。"

郭宇飞一听，眼睛不自觉地睁大了，急切地说道："你可真是我的福星，快说来听听。"

两人在湖边的凉亭中坐下。秦倩说："首先，我听说有一款工具叫作mountebank，它是用来创建打桩服务（Stub）的。这是 Thoughtworks 公司的工程师开发的。该工具默认支持多种协议，如 HTTP、HTTPS、TCP 和 SMTP，以及社区支持的 IDAP、GRPC、GraphQL、WebSockets 等。像鲁有一提到的最常用的 REST API 调用，就属于它默认支持的协议之一。只要配置一些参数，就能够将实际的 API 请求拦截在打桩服务中，无须真的发送请求到第三方服务。这样一来，可以隔离服务，降低依赖。这时网络要求和请求次数限制的问题就都不存在了。这是 mountebank 的工作原理图（见图 42-1），你可以看一下。"

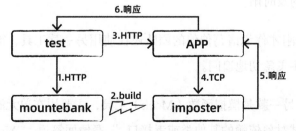

图 42-1　mountebank 工作原理（资料来源：mountebank 网站）

秦倩继续说道："mountebank 会作为宿主，创建多个服务替身（imposter），每一个替身还可以根据请求的条件不同创建多个响应桩。例如，可以根据请求的参数不同或者请求体内的特殊值进行区分。当然，打桩服务的主要目的是对实际代码不具有侵害性。所以，你需要在路由层面做一个实际 API 请求域名和服务替身的映射。例如，你配置的一个服务替身是处理所有发送到 HTTP+9000 端口的请求，那么，通过路由规则，让发送到 http://api.网站.com 的请求都路由到这个服务替身上。这样，你就可以根据测试的需要，自定义返回的内容，甚至可以模拟异常请求，以验证你的应用程序在异常情况下的表现。"

郭宇飞看着秦倩的图，疑惑地问道："就这么简单？"

"对，原理就这么简单，是不是很容易上手？"秦倩笑着回答，"当然，mountebank 还有一些高级功能，如模拟网络延迟、通过 JavaScript 添加简单逻辑以设定动态返回值、代理转发、多服务器集群等。"

郭宇飞张大了嘴巴，惊讶地说道："居然还有这么灵活的配置！"

秦倩继续说道："宇飞哥哥，对于个人开发者，一些小工具也提供简单的打桩服务，如 Postman 的 mock server，以及 Fiddler 的代理 AutoResponder 功能。不过 mountebank 可以通过容器技术搭建独立的服务器集群，为团队提供一套共享的、更高效的打桩服务环境。我个人觉得它更好用。"

郭宇飞听得心花怒放，心想秦倩真的帮了自己大忙。这些工具无疑是解决当前困境的及时雨。

"倩儿，刚才你说诸葛伯伯的团队还在使用另一款工具，能给我介绍一下吗？"郭宇飞急切地追问。

"当然。另一款是模拟函数（Mock）工具，主要用在单元测试中。可以用于隔离测试对象依赖的其他类或者接口。"秦倩回答道，"Mock 工具会涉及具体编程语言,因为要针对单元测试编写对应的 Mock 部分的逻辑代码,所以 Mock 框架会和具体编程语言相关。这与打桩服务不同,打桩服务属于服务层面的模拟,和具体编程语言无关。例如,我爹他们团队用的是 Java,则使用 Mockito 这个框架,而你的团队使用的是.NET,那么可以使用 Moq 这个框架。当然,市面上还有很多其他类似的框架,你可以再调研一下。这些框架都可以很好地与单元测试框架进行集成,例如 JUnit、xUnit 等。"

接着,秦倩现场给郭宇飞编写了一段简单的 Mock 代码,用来介绍 Mock 的工作原理。

演示完毕后,秦倩看着目瞪口呆的郭宇飞,俏皮地打了一个响指,笑着问道:"宇飞哥哥,我说的这些够不够用?"

郭宇飞这才回过神来,忙合上嘴,感激地说:"够用,太够用了。待我消化一下。太感谢倩儿了。"

在接下来的几天里,郭宇飞拉着鲁有一等几个资深研发人员,利用业余时间调研了这些框架。他们基本确认这些工具能够解决团队目前面临的依赖问题。在接下来的两次迭代中,团队在单元测试和集成测试中分别应用了 Mock 和打桩服务来降低依赖关系。这种操作不仅让测试效率得到了提升,而且增加了测试的丰富程度,可以轻松模拟以往一些特定场景的异常处理。

在接下来的回顾会议上,团队成员总结了如下心得。

- 在进行压力测试时,通过隔离第三方服务,团队可以更好地确定性能的问题范围,提高确定问题范围的速度。

- 引入 Mock 和打桩服务后,团队可以设定更多的测试场景,如特定异常的处理、网络延迟等。这使得单元测试和集成测试的覆盖面更广,测试结果也更可控。

郭宇飞对团队的这些进步感到非常自豪。他开心地把写了相关秘籍的纸条放入漂流瓶并发布于敏捷江湖。

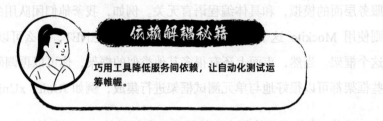

依赖解耦秘籍

巧用工具降低服务间依赖，让自动化测试运筹帷幄。

第43章 上官流云：小步迭代价值流动，持续集成大显神通

作者：刘志超

"大哥，大哥。"

萧楚听到有人呼唤，转头一看，上官流云以闪电般的速度迎了上来。

"三弟，何事这么匆忙，不会又是需要我解决版本发布的问题吧？"萧楚带着几分戏谑地问道。

"不用，不用，这次不用！"上官流云虽然是疾行而来，却气息平稳，面带轻松。

"刚才见你这轻功如此了得。上次见你还慢手慢脚的，跑得快一点就气喘吁吁，这才3个月不见，功力长进不小啊。"萧楚认真观察后说道。

"哪里哪里，其实这次来找大哥，主要是想致谢的。之前若不是大哥鼎力相助，帮我破解帛卷秘籍，在大版本发布之前强力修复集成流水线，以深厚的功力贯通所有自动化测试用例，我恐怕早因新版本无法发布，功能无法上线，被研发部的老大司徒鸠摩炒鱿鱼了。"上官流云这次一改往日的愁容满面，兴奋地说道。

"走！三弟特意带了鹤拓国的陈酿，今天和大哥喝个痛快，一醉方休！"上官流云眉飞色舞地说道。

说话间，上官流云和萧楚来到附近最好的一家客栈——"松鹤楼"。

上官流云高声喊道："小二，上几个拿手的好菜！"

"好嘞，二位客官稍候，马上就来。"店小二应声而去。

上官流云和萧楚一边大口喝酒，一边回忆之前发版本时人肉暴力集成的往事。

由于系统组件的配套依赖环境复杂，加之测试用例众多，导致集成流水线年久失修，难以为继。尽管问题重重，但所有人都知道，若要发布新版本，就必须有基本的质量保障。毕竟质量是研发工作的生命线。因此，尽管流水线日常维护不力，每到新版本发布的前两周，团队成员咬着牙用蛮力也要抢修通流水线。这种做法不仅需要在每次发布新版本之前投入大量的人力，而且会影响团队成员的士气。

数月前，上官流云痛定思痛，下定决心寻找破解之道。不过，事与愿违，他想得抓耳挠腮，却始终找不到突破口，心情极度郁闷。为了寻找灵感，他决定去野外散步。正思考入神之时，脚底一滑，掉进了一个山洞。

山洞深邃，上官流云跌落后便失去了意识。过了许久，他才在山洞中醒来。上官流云拍了拍身上的尘土，起身打量这个山洞，发现山洞内部陈设简单，中央有把石凳，石凳上面有一帛卷。帛卷尽处题着"持续集成"四字，其后绘的是无数节点和箭头，并注明"自动化""集成""流动"等字样，这些尽是价值流动中的术语。

由于上官流云前几日还全心全意地钻研过自动化，因此，他一见到这些名称，登时精神大振，仿佛遇到了故交良友。只见价值节点密密麻麻，不知有几百上千个，自一个价值点至另一个价值点均有绿线连接，线上绘有箭头，显然是一套繁复的价值流动法。帛卷的最后写着一行小字"小步迭代，价值流动，持续集成，大显神通"。

上官流云虽然看得入了迷，视如珍宝，但是有些地方实在无法破解。于是，他决定求助于自己的大哥萧楚，希望他可以助自己一臂之力。幸运的是，萧楚刚好研究过持续集成，他为上官流云详细分析了帛卷上的秘籍，使其茅塞顿开。

上官流云回去后，马上召开了研发团队小组会议，将习得的"小步迭代，持续集成"理念分享给每个团队成员，并鼓励大家尽快应用于实践。他坚信，这将会大幅提升团队成员的幸福感，让大家不需要在发布新版本前加班加点。

会议的主要内容如下。

- 每位研发工程师都将自己的代码提交到代码服务器中，实现代码的集中管理和版本控制。

- 从代码服务器拉取最新代码后，自动进行构建，并执行自动化测试。持续集成服务器将结果通知团队成员。如果测试失败，第一时间进行问题定位及代码修正。持续集成过程可以手动启动或者自动化定时启动。

- 团队在每个工作日结束时，定时启动构建流程，通过日编译版本来把控研发质量，确保及时发现并解决问题。

同时上官流云还制定了持续集成"军规"，并打印出来，发到每位研发人员手中。当然，宣传物料的形式可以多样化，例如印在鼠标垫上，可以将其作为月度之星的奖励。

除了上述秘籍以外，帛卷上还提到了如下操作。

在实施持续集成的过程中需要遵守一定的基本原则，其中包含一些初级原则，同时也包含对团队更全面的原则要求。这些是完成持续构建必不可少的实践。这些原则如下。

- 构建失败之后不要提交新代码。持续集成的第一禁忌就是构建已经失败了,还向版本控制库中提交新代码。如果有人提交的代码导致构建失败,那么他是修复构建的最佳人选。他应尽快找出失败的原因并修复构建。

- 提交新代码前在本地或持续集成服务器中运行所有测试。增量提交代码虽然是件轻量级的事情,但它是一件严肃的事情。我们需要在本地进行完善的自动化测试,尽量确保服务器构建成功,不影响其他人提交代码。

- 提交测试通过后再继续工作。提交代码触发构建后,研发人员应该监视整个构建过程,直到构建成功。在构建结束之前,不应该参会或被其他事情干扰。

- 回家之前,构建必须处于成功状态。这是协同研发应该具备的基本个人素质,不能让自己的工作成为整个团队的阻碍。

- 时刻准备着回滚到前一个版本。如果某次提交失败,最重要的操作是尽快让一切再次正常运转。当无法快速修复问题时,应该将它回滚到上一个版本。

- 在回滚之前要规定修复时间。对于是应该继续定位问题,还是回滚版本,团队应该有个时间约定,例如等待 20 分钟或更久。

研发团队在采用持续集成之前主要面临如下挑战。

第一,由于在个人环境中构建软件,导致软件包之间存在较大的差异,缺乏一致的可部署软件。

第二,缺陷暴露较晚。如果在研发后期才发现问题,那么一般需要投入较大的人力去修复问题。此时容易导致其他问题发生,而且构建的软件产品质量较差,项目缺少可见性。

研发团队采纳持续集成的做法后，能够经常合并小规模的变更。这样做，不仅简化了合并过程，减少了所需要的努力，还缩短了从变更到生产环境的前置时间。更重要的是，它允许团队在任何时间、地点，轻松地从服务器获取可以部署的软件版本，极大地提高了项目的可见性和可控性。

持续集成是一个涵盖代码开发、测试、编译、发布，直至部署的循环迭代过程，如图 43-1 所示。

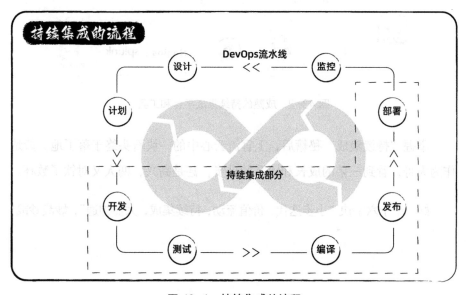

图 43-1　持续集成的流程

在持续集成领域，业界已经发展出很多成熟的平台和工具，如图 43-2 所示。

酒过三巡，上官流云向萧大哥倾诉了实施持续集成过程中的种种挑战与收获，只有亲身经历过的人，才能深刻体会到其中的酸甜苦辣。传统的版本发布方式已不再适应当前的需求，新一代的研发人员充满潜力，新的工具不断涌现，每个团队都要持续学习，与时俱进。

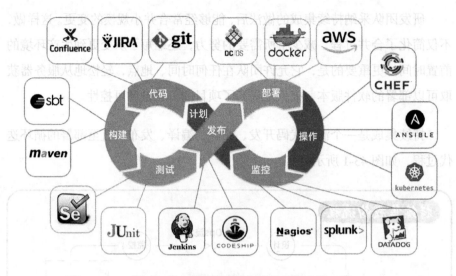

图 43-2　成熟的持续集成平台和工具

掌握"持续集成"秘籍后，上官流云心中的一块石头终于落了地。萧楚作为大哥，看到三弟的成长和团队的进步，甚是高兴，两人又对饮了数杯。

好一个十六字诀"小步迭代，价值流动，持续集成，大显神通"，妙哉妙哉！

第44章　陈峰：提升安全理念，助力安全研发

作者：刘陈真

这天，黑风崖上热闹非凡，因为出游数月的叶不凡和楚天归来，特意找他们的大哥陈峰喝酒。三人围坐，谈笑风生，话题一转，聊起了最近江湖上疯传的某商城客户信息外泄的新闻。

叶不凡说："听闻最火的'天下争霸游戏'的线上武器交易系统瘫痪了两天，大量商城客户资料泄露，损失惨重。"

陈峰喝着小酒，点头道："这个我也听说了。软件安全事故造成的损失确实触目惊心，严重时可能高达上亿元。所以，近些年江湖各大门派都在提升对产品安全的重视，积极探讨如何构建安全屏障，为产品保驾护航。"

楚天放下酒杯，面露愁容："说起来，我们的安全团队最近在抱怨，敏捷高速的开发交付模式似乎阻碍了产品实现安全技术。团队一忙起来，可能就忽略了安全方面的考虑。我也正在发愁这事呢！快速交付和安全稳定，两者都重要，真的不好权衡啊！"

叶不凡好奇地问："楚兄弟，你那边的团队是什么情况？"

楚天皱着眉，回答道："目前安全这块是孤立的，开发、运维、安全都由独立团队负责。研发这边很多成员没有接受过安全知识方面的培训，只能

依赖独立的安全小组在研发后期集中发现安全问题，然后再反馈到研发这边定位和解决问题，这个确认和修复过程需要反复沟通，效率很低，响应有时候也很慢。"

楚天接着说："我正想请教大哥，我们能做些什么来改善这种状态吗？我可不想每次上线前都被安全小组提出的问题搞得提心吊胆。"

陈峰沉思片刻，然后缓缓地说道："楚兄弟，这个问题确实棘手，但也不是无解。你是否听说 DevSecOps？此方法引入了新的安全文化和思维方式。它在 DevOps 的基础上加入了安全（Security），使得安全属性自动嵌入产品研发和运营的整个生命周期。这正是解决此问题的良策。"

楚天听到这里，眼中放光，拱手作揖，急切地说道："还请大哥赐教！"

陈峰继续说道："首先，为了支持 DevSecOps 落地，咱们的安全意识及安全问题处理能力肯定需要提高。有条件的团队可以把安全专家编入敏捷研发团队，或者通过培训提升现有团队成员的技能和知识。例如，安全小组或资深研发人员可以负责开展必要的安全培训，以增强团队的安全意识和安全编码技能。当然，还可以通过文化建设来改变团队的安全观念。让大家理解并将安全贯穿到软件生命周期的每个环节。不仅是安全团队、IT研发团队、运营团队，甚至业务团队都应积极参与到安全保障中，形成一种安全研发人人有责的安全研发氛围。"

叶不凡听后，点头赞同道："这确实对处理与安全相关的问题有帮助。IT研发团队在安全需求设计、分析和解决问题等方面的能力提高了，对安全需求的响应速度自然也会加快。"

楚天一听，兴趣更浓了，继续追问道："大哥，除了培训和文化建设以外，还有哪些落地实践？"

陈峰思考了一会儿，说："以我的团队实践 DevSecOps 的经验来看，确实有几个方向可供参考。"

随后，陈峰详细介绍了相关方法。

安全左移是 DevSecOps 的核心实践之一。这意味着从项目初期开始，业务团队、研发团队、运营团队与安全团队就应紧密合作，一起参与安全需求评审，主动识别安全合规风险，并制定整合的安全方案。通过早期介入，我们可以更智能地进行安全防护，及早发现和解决安全威胁，避免后期返工，从而提升交付效率。相应地，我们可以考虑安全右移。即使在安全检查中我们尽了最大的努力，也可能遗漏一些漏洞，有些问题甚至只有在客户使用时才会显现。所以，在部署后，我们应持续关注安全问题，做好持续测试和线上问题监测，确保能够及时告警。

团队还需要接受安全开发编码规范的培训，并建立安全管理流程，为研发过程提供指导意见。同时，针对漏洞处理流程进行规范化也很重要，例如，做好分类管理，定义严重级、优先级、标识，区分内部威胁和外部威胁，对危重级别高的漏洞进行拦截和告警等。此外，建议完善开源和第三方组件的安全管理规范，利用工具扫描现有的开源和第三方组件的漏洞，对产品研发团队进行告警，并对计划引入的开源和第三方组件进行合规审批，持续更新已知的第三方软件威胁和漏洞列表。

在测试阶段，充分利用工具自动化是 DevSecOps 的另一重要实践。通过 CI/CD 流水线集成必要的源码漏洞扫描工具，设置安全门禁，借助自动化工具及时发现安全问题。这样做到的好处包括两方面：一方面可以降低安全检查的难度和减少重复性工作；另一方面能有效提升检测效率，尽快识别和消除严重漏洞，同时可确保操作规范化，避免人为因素导致的检测遗漏或配置错误。

安全运营同样也不容忽视。相应的措施包括实施安全访问机制、制定可追溯的变更管理流程以及完善安全问题的响应机制等。定期总结、分析典型的安全问题，形成案例库并分享和学习，以提升整体安全意识，避免类似问题重复发生。从长远来看，这些方法都有助于团队提升快速处理关键问题的能力。

"总之，安全应步步为营，人人有责。"陈峰总结道。

楚天听后，高兴地举起酒杯，对陈峰说："这下我总算有些眉目了，回头我和团队成员再商讨一下具体行动。多谢大哥赐教，我敬大哥一杯！"

第45章　司空长风：武林债易躲，技术债难还

作者：胡帅

纵观武林，论技术，高手如云，各有千秋。无论是何种编程语言，何种框架，最终都指向一个目标——解决问题。但无论采用哪种技术或框架，皆须脚踏实地，深思熟虑，切不可好高骛远，急功近利。因为每一个因急于求成而埋下的隐患都可能在将来成为难以偿还的技术债，让你在深夜辗转反侧，后悔莫及。

一日，萧瑟正因系统漏洞导致的系统升级失败而长吁短叹。此时，司空千落恰好经过，见状便关切地问道："萧哥哥，看你这么愁眉苦脸的，是不是有什么烦心事？"

萧瑟蹙眉，长叹一声，说道："哎，虽说我已研习《无极棍法》《天斩剑谱》，甚至通过多啦大侠的时空门，在多元宇宙中求得无心和尚的《心魔引》秘籍和雷无桀的《大罗汉伏魔金刚无敌神通》，却仍旧难以摆脱这身技术债的重负。"

司空千落听后，半开玩笑地嗔怪道："哦？难道这是你欠若依姑娘的情债？雷无桀就是那位颠来倒去、神经兮兮的浑小子吗？是不是他牵线让你们认识的？哼。"

萧瑟闻言，不禁扭头看向司空千落，哭笑不得地说道："千落妹妹，看

来你还是不够懂我。我所追求的是让众多的编程经典无害化，方便大家安心修炼，不再重蹈颜战天、苏暮雨的覆辙，避免他们那般走火入魔、天天加班的悲剧。"

司空千落轻咬朱唇，娇嗔道："哦？那人家错怪你了，说来听听。"

萧瑟微笑着说道："在多元宇宙中游历时，我悟出了一个道理：许多编程之人在修炼技艺时，只注重外在的招式演练，却忽略了内在的意念修为。长此以往，便积累了大量的技术债，最终以债换债，在加班中走火入魔。"

司空千落眨眨眼，好奇地问："技术债？难道是指那些练武的技术宅欠下的债？"

萧瑟一时有些无语，耐心地解释道："技术债，是指在编程修炼过程中有意或无意地只注重效果（满足客户价值或应对项目限制，如交付期限），而忽略了长期的技术修炼和设计。"

司空千落追问："好高深，能否说得具体点？"

萧瑟娓娓道来："技术债1：遗留债。针对这一点，就不得不提雷无桀了，他写的代码过于老旧，坚持使用过时的JDK6长达20年，所以，一旦遇见你爹那样追求创新的领导，便毫无招架之力，他编写的代码无法适应新的环境，难以运行。

技术债2：规划债。说到规划，我看就属千落你了。你冰雪聪明，博学多才，身怀绝技，但若担任项目经理，只看重眼前的利益，忽视了DevOps的长远规划，到了项目后期，你会发现花在代码集成和代码维护上的时间会成倍增加。

技术债3：重构债。要说一手好牌打得稀巴烂的当数唐怜月。她学了众多高深剑法，却因心浮气躁，疏于对代码的重构，虽博学而不精深，导致技艺难以发挥，一生坎坷。

技术债 4：人债。技术债中最具杀伤性的当数人债了。就像赵玉真大侠，曾是武林帮派的帮主，却因遇人不淑，遭人陷害，最终沦落为一个外包人员，令人唏嘘。"

司空千落听完萧瑟的分析，双手抱胸，赞赏道："萧哥哥，你最近的代码功力增长好快！"

萧瑟一脸得意，笑道："哪里哪里，这都是跟你爹学的。"

此时，司空千落的父亲司空长风外出归来，恰好听到萧瑟和司空千落的讨论。他本不想打断二人的对话，却忍不住插话，声音中带着笑意："哦？有人在叫我吗？哈哈。"

司空千落和萧瑟闻声扭头，见是司空长风，齐声恭敬道："爹。"

司空长风微微颔首，说道："我刚才一直在旁听萧瑟的分析，深感其见解深刻。我当年和老马（Martin Fowler）华山论剑时，曾听他谈及技术债，其见解令我印象深刻。他将技术债以习武者的心态来划分，以是不是故意欠债为纵坐标，是不是认真规划为横坐标，绘制了这份技术债坐标图（见图 45-1）。千落，你确实要向萧瑟学习。"

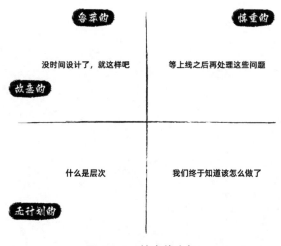

图 45-1 技术债坐标

司空千落抱着司空长风的手臂，撒娇道："爹，千落自知不如，这不是给您找了个好女婿，好继承您的武学嘛。"

司空长风宠溺地看着二人，语重心长地说道："武林债易躲，技术债难还。你呀，总之你们要用心些。注重编程规范，勤于自省，及时重构代码，有问题及时解决，这样才能有效避免技术债的积累，只有真正热爱编程，才能避免陷入无休止加班的魔道。"

司空千落认真地点了点头，开心地说道："记住了，爹。"